徳間文庫

霧の夜にご用心

赤川次郎

徳間書店

目次

切り裂きジャック

結局、霧が問題なのだった。

他の条件は総《すべ》て整っている。といって大した準備がいるわけではないが。

ともかく、私の手には切れ味鋭いナイフがあり、黒ずくめの衣裳《いしよう》も揃《そろ》っている。もちろん、吸血鬼ドラキュラが映画でまとっているような黒いマントなど着て歩いたら、現代では目立って仕方がないし、サンドイッチマンぐらいに見られるのがオチだろう。

そこは現代にふさわしく、黒のソフト帽、黒のコート、黒の靴――これは足音がよく響くようなものを選んだ――そして黒の革手袋……。

靴については、普通の犯罪者なら、できるだけ足音のしない、ゴム底か何かの靴にするのだろうが、夜の街路《がいろ》に響く、コツ、コツ、という靴音は、殺人者にとっては欠かせないものである。

後、必要なのは被害者だが、これは別に誰でもいい。いや、誰でもといっても、女で、若くて、男を相手にする商売をしていればいいわけだ。

これで「美人」という条件をつけると、とたんに見付けるのが難しくなるので、それにはこだわらない。だから、被害者はその手の場所に行けば、いくらでも見付かる。後は実行あるのみ、というわけだが……。残る一つが問題で、つまり私は霧にこだわっていたのである。

霧の夜の殺人。——これこそが私の求める「理想的な殺人」なのだ。濃霧ににじむガス灯の光、ぼんやりと浮かび上がる灰色の家並《やなみ》、ガラガラと敷石《しきいし》をかみながら走っていく四輪馬車。パトロールする警官の姿、すれ違って行く、ふんわりと広がったスカート姿の女性……。女の悲鳴はこういう夜にふさわしいいし、殺人鬼には、これこそ最上の舞台装置である。

しかし、今は二十世紀である（梨の話ではない）。ガス灯や馬車、裾《すそ》の広がったスカートなどは諦《あきら》めざるを得ないだろう。

重々しい石造りの家々とか、敷石の舗道《ほどう》というのも、ロンドンやウィーン辺りへ遠《えん》征《せい》すれば、見付かるかもしれないが、私はそんな金持ではない。従って、ごく平凡な盛り場とか、チマチマとした建売住宅に、穴だらけのアスファルトの道路で我慢する他はない。

これだけ譲っているのだから、私がせめて霧ぐらいは、とこだわるのも理解していただけよう。

といって、私は霧に、身を隠してくれる役を果してくれと期待しているわけではない。ロンドンの霧ならいざ知らず、東京でそうした濃霧の日はまず考えられない。

私はあくまで、雰囲気として、霧が欲しいのである。

それにしても、霧というのは、なかなか出ないものだ。

ナイフを買い込み――もちろん、買う場所などは充分に注意した――毎日、毎日、砥《と》いでいるのに、霧は一向にかかってくれない。

そしてもう二か月が過ぎてしまったのである……。

「いや、珍しいよ！」

と、外回りから戻って来た若い社員が言った。

「どうしたの？」

社の受付の女の子が訊《き》く。もう四時五十分だというので、すっかり帰り支度《じたく》をしている。

「霧だよ、霧。凄《すご》い霧だ。一寸先も見えないぜ」

「オーバーね」

と女の子のほうは笑っている。

「本当だってば。窓から覗《のぞ》いてみろよ」

「そんなに凄いの？」

と受付の子はさっさと立って見に行った。

これが仕事なら、もっとノロノロ歩いて行くのだろうが。

すぐに戻って来て、

「本当！　凄いわね」

と、楽しげに言った。

私は、机についていたが、仕事が手につかなかった。——霧？　霧だって？　ついに来たのか。

待ちに待った日だ。「霧の夜の殺人」——明日の朝刊は、その見出しを一斉《いっせい》に掲げるだろう。

私の胸は高鳴った。ついに時は来たのだ！

私の名は「切り裂きジャック」。いや、まずここは世間一般の通り名を書いておくべきだろう。

私はこの社会では——つまり一九八二年の日本にあっては、平田正也《ひらたまさや》と呼ばれている。

三十六歳。独身で、父も母もすでに亡くなって、兄弟もなく、一人暮しをしている。

二枚目とはお世辞にも言えないし、スタイルとて良くはない。しかし元祖《い》のジャックにしても、二枚目だったとは限らないし、スマートだったという記録もない。

そんな外見上のことより、問題は中身である。私こそは切り裂きジャックの後継者にならねばならない。

あの後も、数々の犯罪者が出た。中には、ジャックを遥《はる》かに上回る数の人間を、ずっと残忍《ざんにん》な方法で殺した犯人も少なくない。

しかし、私に言わせれば、「霧の夜の殺人」という、正統的なスタイルでの殺人は、まだなされていない。

どの犯罪者も荒っぽく、欲得ずくで、そこには雰囲気や詩がない。

〈死〉はあっても、〈詩〉がない、というのは、語呂《ごろ》合せになるが……。

ジャックは別に金を求めたわけではない。彼は女を憎んでいたのだ。

私？　私も同じだ。若い頃《ころ》からこの方、女に泣かされ続けて来た。その積もり積もった怒りが、ある日、霧の夜に出没する殺人鬼の絵を見たとき、爆発した。

いや、もちろんそれは内面的な表現である。

私は、一応、表面上は、このＫ物産という中小企業の社員、平田正也であり、これからもそうありつづけるだろう。

しかし、それは私の仮の人生なのである。私は、その一枚の絵の中へ入り込んで、その主人公になったのだ。

切り裂きジャック。――霧の夜のロンドンに出没《しゅつぼつ》して、売春婦を殺し続けた男。

しかも外科医のような手ぎわの良さで、乳房《ちぶさ》をえぐり取ったり、内臓を切り取ったりした。

実際、ジャックの正体は気の狂った医者に違いないとも言われた。

しかし、ついにジャックは捕まらなかった……。

「おい平田」

だみ声が、私の高揚《こうよう》した気分に水をあびせた。課長の山口《やまぐち》である。

いやな予感がした。

「何でしょう」

仕方なく立って行くと、山口は机の上を片付けている。課員の誰かが、五時になる前に机の上を片付けたりすれば、露骨《ろこつ》に当てこすりを言うくせに。

「今夜、顧問会議がある。それに出てくれ」

顧問会議というのは、もうここを停年でやめた老人たちや、日頃何かと世話になっている人々の、月一回の定例の会議だ。

「私がですか」

「そう言っただろう」

「しかし……」

「何だ?」

「ちょっと……今夜は用がありまして」

と私は言った。

「俺もだ」

と山口はニヤリと笑った。「課長の命令だぞ。それをいやだと言うのなら、会社に何の用もないようにしてやろうか」

笑ってはいるが、おどしつけて面白がっているのだ。

私は諦めた。――霧は今夜一杯ぐらい続くだろう。会議はせいぜい九時には終る。会議と言っても、別に議題があるわけではない。要するに顧問手当を払っているので、形式上、こういう集りを開いているのだ。

中身はほとんど世間話である。

「分りました」

「よし、じゃ頼むぞ。車代なんかは小浜《こはま》君に任せてある」

私は多少、救われたような気分になった。席へ戻ると、五時の終業のチャイムが鳴った。

一斉に椅子《いす》や引出しがガタガタと鳴って、底に穴のあいた茶碗《ちゃわん》のように、たちまち人の姿が消えて行く。

山口課長も真先に帰って行った。いつも、

「真先に帰るような奴《やつ》はサラリーマンとして失格だ」

などと言っているくせに、自分だけは、いつも例外なのだ。

私は仕方なく、閑散《かんさん》とした事務所を見回した。――小浜一美《かずみ》の姿もない。

食事にでも行ったのかな。

私は、会議室のほうへ歩いて行った。会議は六時半からだが、何しろヒマを持て余している連中なので、えらく早く来ることがある。

会議室のドアを開けてびっくりした。小浜一美が、さっさと机や椅子を運んでいる。人数に合せて、机の並べ方を変えなくてはならないのだ。

「やあ、僕がやるよ」

私は急いで言った。

「大丈夫。私は鍛えてるもの」

小浜一美はそう言って微笑《ほほえ》んだ。

いくら女が嫌いといっても、こんなときには任せてはおけない。私は一緒になって机や椅子を運んだ。

小浜一美は、数少ない――いや、ほとんど社内でただ一人の、私にとって安心できる女性である。

もう三十近くで、独身だった。ベテランでもあり、地味ながら、決して魅力のない女性ではない。

しかし、聞くところでは、病気がちの母親をかかえて、結婚の時機を逸《いっ》したとのことだった。当人は、そんなことは口にもせず、いつも穏やかで、若い女子社員の相談相手にもなっている。

普通、古手の女性社員は、若い女の子からは敬遠されるもので、その点、小浜一美は珍しい存在だった。

「――さあ、これでいい」

と、小浜一美は会議室を見回して息をついた。

「頑張るねえ、小浜君は」

「あら、お給料いただいてるんだもの、当然じゃない？」

と、軽く笑って、「――夕食は？　一緒に食べましょうよ」

「そうするか」

と私は肯《うなず》いた。

「早くしたほうがいいわ。馬鹿みたいに早く来る人がいるから」

私たちは事務所へ戻って、財布を取って来ると、エレベーターへと向った。

K物産は、ごくありふれた雑居ビルの六階にある。

「どこに行く？」

エレベーターを待っている間に、小浜一美が言った。

「どこでもいいけど――」

「外にしましょうね。下はおいしくないし」

「うん」

私はホッとした。

ビルの地下には社員向けの食堂がある。夜も七時ごろまでなら食べられて、独身の社員などは、よく食べて帰っていた。

私たちは表に出て、すぐ向いのビルの地下にあるソバ屋へ入った。

「――平田さんは、どうしてお昼も外で食べるの？」

丼《どんぶり》物を食べながら、小浜一美が訊いた。

「どうして、ってこともないけど……」

と私は曖昧《あいまい》に返事をした。

確かにそう言われても仕方ない。地下の社員食堂なら、昼を二百円で食べられる。弁当持参組を除けば、男の社員は、ほとんど地下で食べているのだ。それを、私はあえて外の高い食堂で食べる。

もちろん高給取りでもない身なのだから、一食千円近くもかかるのは痛い。しかし、昼食まで課長や同僚たちと食べているのは、やり切れないのだ。

「会社の人と一緒なのがいやなんでしょ」

と、小浜一美は言った。

「そんなところだね」

「ちょっと、お茶下さい！――でも、少しはみんなと一緒に食事したほうがいいわ」

「何か言ってるかい、僕のこと？」

「別に。――まあ、あんまり付き合いのいい奴だとは思われてないでしょうけどね」

「そりゃ分ってるよ」

「損よ。あなたのような性格の人は。いい所が理解されないわ」

「いい所があれば損かもしれないけどね」

と私は言った。

こういう言い方は人を苛立《いらだ》たせるものだ。長年、

「僕はだめな人間です」

と言い続けていた相手に好意を寄せるなんてことはできないだろう。

それが分っていて、つい口に出してしまうのである。

小浜一美は、ちょっと微笑んだだけで、それきり何も言わなかった。

社へ戻った私たちは、会議の準備にとりかかった。

「暑いな！　クーラーは入らんのか？」

と、だみ声を上げたのは、顧問の桜田《さくらだ》という男だった。

椅子からはみ出しそうな巨漢《きょかん》で、年中汗をかいている。やかまし屋で有名だった。

「申し訳ありません」

と、小浜一美がにこやかに応じた。「まだビルのほうで冷房をしてくれないものですから……」

「気がきかんな、全く！」

五月なのに冷房を入れろと言うほうが無茶である。それに、窓を開けてあるので、暑いというほどのことはない。

「冷たいものをお持ちします」

小浜一美が会議室を出て行く。少し外れた席で座っていた私のわきを通りながら、軽く片目をつぶって見せた。

もう八時を回っていた。——会議はゴタゴタと進んで、出席者の三分の一はウトウトしている。

進行係の顧問が、

「今日はこれで——」

と一言言えば、すぐにも終りになるだろう。

私は、苛々《いらいら》と時計を眺《なが》めていた。早く終ってくれないだろうか。

気のせいか、窓の外の霧も多少薄《うす》らいで来たように見えた。

「じゃ、次の議題は……」

と、議長が言い出すと、みんながうんざりしたように息をつく。

私もいい加減にしろと怒鳴《どな》りたくなった。

手ぎわよくやれば三十分で終るものを、もう二時間近くもかけている。みんな、会社で用意する弁当を食べに来ているようなものなのだ。

「何か発言はありませんか」

何を議論しているのかもよく分っていない者がほとんどなのだ。意見の出るはずもない。

早く終れ、早く終れ、と私は口の中で呟《つぶや》いていた。

ドアが開いて、小浜一美が、盆《ぼん》に冷たいお茶のグラスをのせて入って来た。ちゃんと全員の分をいれて来たのだ。

その手ぎわの良さに、私は感心した。私がやれば一時間はかかるかもしれない。

小浜一美は、まず、

「暑い暑い」

を連発している桜田の所へ、持って行った。

タイミングが悪かった。

彼女が、左手で盆を支えて、右手でグラスを一つ取り、桜田の前へ置こうと、隣の席との間へ、体を滑り込ませたとき、桜田が突然、立ち上がろうとして椅子をガタッと後ろへずらしたのである。

避けようがなかった。椅子の背が盆に触れて、アッと思う間もなく、お茶のグラスが、音を立ててなだれ落ちた。

桜田の背中が、まともに冷たいお茶を浴びたわけである。

私は立ち上がったものの、為《な》すすべがなかった。小浜一美は、

「申し訳ありません」

と素早く盆を床《ゆか》に置いた。

「おい、一体何をやってるんだ！」

桜田が顔を真赤にして立ち上がる。その拍子に、こぼれたお茶の海の中へ足を突っ込んだ。スルッと足が滑って、桜田の巨体が、床へ転がった。

私は目をつぶった……。

最初の犯行

「小浜君……」

と私が声をかけると、小浜一美は振り返って笑って見せた。

さしもの気丈な彼女の目が赤くうるんでいるのが、私の胸を突いた。

「後は私が片付けるから、平田さん、帰っていいわよ」

「いや、そういうわけにはいかないよ」

私は、そう言いながら、何をすればいいのか、分らなかった。

小浜一美は雑巾《ぞうきん》で床を拭《ふ》いている。

「やっときれいになったわ」

私は、じっと立ちつくしていた。

あの後の桜田の怒りようは凄《すさ》まじかった。ひたすら謝っている小浜一美に、悪態の限りを浴びせかけ、さすがに同席していた顧問の一人がなだめたほどだった。

不幸な事故で、決して彼女が責められるべきことではないが、こちらが詫《わ》びる立場なのは仕方ない。それにしても、あの桜田の態度は……。

もう時間は九時を回っていた。

「悪かったね」

と私は言った。

「平田さんが謝る必要ないわ」

と、小浜一美は肩をすくめた。「私が、うっかりしていただけなんだもの」

そうではないのだ。私がすまないと思っているのは、彼女に替って、私が桜田の叱《しっ》声《せい》を受けるべきなのに、それをしなかった、ということなのである。

私は少なくとも彼女より年上で、古顔である。私が、彼女をかばってやらねばならなかったのだ。

それなのに、私は、体がしびれてしまったように、その場に立って、動けなかったのである。

「さあ、すっかり遅くなっちゃった」

と、小浜一美は言った。「帰りましょうよ、平田さん」

「うん……」

私は、帰り支度をした。席を片付けていると、

「悪いけど、平田さん、先に帰って。私、電話するところがあるの」

と、小浜一美が言いに来た。

「分った。じゃ鍵《かぎ》を――」

「私が全部見て行くから」

「じゃ、頼むよ」

「お疲れさま」

もう会社には、もちろん誰も残っていない。

私は、エレベーターのボタンを押した。

ふと、気になって、会社の入口まで戻ってきた。――低い声が聞こえる。

そっと覗《のぞ》いてみると、小浜一美が、声を上げて泣いているのだった。

私は、気付かれないようにエレベーターのほうへと足を向けた。

一階へ降りながら、胸の中は、言いようのない怒りに溢《あふ》れていた。それは桜田への怒り、そして、無力な自分への怒りでもあった。

無力な?――いや、俺は無力じゃない！　俺は……切り裂きジャックなのだ！

一階へ着いて、裏の通用口から外へ出る。

まだ、霧は充分に濃く、立ちこめていた。車のライトが、光をにじませながら、ゆっくりと通り過ぎる。

舞台はできていた。後は、主役の登場を待つばかりだ。

「しかし……」

と私は呟《つぶや》いた。

ジャックは売春婦だけを殺した。それ以外の人間——男をも殺そうと思ったことがあるだろうか?

私は、ゆっくりと歩きながら、考え込んでいた。

ジャックは、理由なく、売春婦を殺したわけではない。逆に言えば、理由があれば、売春婦以外の人間をも殺したかもしれない。

そうだ。理由はある。

殺すに足る理由かどうかは、個人の判断しだいであろう。少なくとも私には充分だ。

桜田を殺してやる。

私はそう心に決めた。

アパートは、会社から三十分で帰り着く近さである。

私は、部屋へ入ると、服を替えた。

用意しておいたコート、帽子、靴を揃え、ナイフを取り出した。

これでいい。——後は桜田をどこで捕まえるかである。

服は濡《ぬ》れたが、あの後、大分乾いて来たようで、会議が終ったとき、桜田が同席の友人を飲みに誘っていたのを、私は憶《おぼ》えていた。

　桜田の行きつけの店は、私も知っている。二、三度、山口課長と一緒に、桜田のおともをしたことがあるのだ。

　会社の近くにある、小さなバーで、店では必ずしも桜田は歓迎されていないようだった。

　それはそうだろう。ああ口やかましくて、威張りくさっていては、いくら商売とはいえ、相手をして面白くない。

　ホステスが私にそっと、

「ケチなくせに席は二人分だものね」

とグチって、私は吹き出してしまったものだ。

　行っているとすれば、おそらくあの店であろう。閉店までいるとして、十二時頃には出て来る。

　十時を少し過ぎていた。

　窓のカーテンをそっと開けてみた。霧のカーテンが、視界を遮《さえぎ》っている。

　いいぞ。理想的だ。

　少し待って、十時四十分頃、支度を整えてアパートを出た。

　住人とは、幸い顔を合わせずに済んだ。いつも、こんなスタイルをしているわけではないから、見られたら変に思われるだろう。服の着替えは、どこか外でしたほうがいいかもしれない。

歩きながら、私は、自分が伝説の世界へと足を踏み入れて行くのを感じていた。霧になじむと、水銀灯の光も、ガス灯のそれのように見えたし、すれ違う人々も、ヴィクトリア朝時代の服装のようにも思える。

ただ、その場所まで歩いて行くわけにはいかない。それが残念なところだ。この格好では目立つだろうか？

桜田のように「暑い」とは感じなくても、コート姿はやや変かもしれない。私はコートを脱いで手にかけると、地下鉄の階段を降りた。


バーの名前を入れた照明が、ぼんやりと霧の中に並んでいる。

こうして見ると、ごみごみした裏通りも、どこか幻想的な趣ですらある。霧というのは、不思議なものだ、と私は思った。

十一時半になっていた。客たちも、そろそろ引き上げ始める。

「また来てね」

という女たちの声。男たちの、ろれつの回らない声。千鳥《ちどり》足の人影が、霧の中を、泳ぐように進んで行く。

まだ桜田はいるのだろうか？　いや、そもそも、この店に来ているのかどうか。

それすらも確かではない。いや、逆に言えば、そこに私は賭《か》けているのである。桜田が来ていれば、それこそが、私が切り裂きジャックの正統な後継者であることの証《あか》しに他ならない。

十一時四十分だ。——もう間もなく答えが出るだろう。

私はじっと霧の中に立っていた。心臓が高鳴り、気持が高揚して来るのが分る。

十一時四十五分だった。

「じゃ、先生、また」

という女の声。

私はハッとして、傍《そば》に身を寄せた。ドアが開いて、桜田の巨体の輪郭《りんかく》が、霧の中に浮かび上がった。

「この次は付き合えよ」

桜田の声だ。

「はいはい」

「約束だぞ」

間違いない。私はそっと微笑《ほほえ》んだ。

「この次」は、もうあるまい……。

桜田はこっちへ歩いて来た。見られる心配はまずなかったが、私は帽子を少し目深《まぶか》にして、奥へ退《さ》がった。

桜田が、何やら分らない鼻歌を口ずさみつつ、通り過ぎて行く。私は、数メートル後から、ゆっくりと歩き出した。

あまり離れては、霧で見失うことも考えられる。といって、ピタリとくっつくのも問題である。

だが、桜田は、かなり酔っていた。おそらく気付くことはあるまい。

問題はどこでやるか、ということだった。私なりの考えはあった。

この道を行って、おそらく、桜田はタクシーを拾うべく大通りへ向うだろう。途中、細いわき道があって、そこは、まず人が通ることはない。

そこへ何とか桜田を引きずり込むことができればいいのだが……。

少なくとも、大通りへ出るまでの間で、仕止めなくてはならない。

私は、コートのポケットから、黒の革手袋を取り出してはめた。ぴったりと指にはりつくような手袋で、外国製の高級品だ。

内ポケットから、砥《と》ぎ上げたナイフを取り出す。革のケースにおさめたまま、コートのポケットへ入れ、しっかりと握りしめた。

桜田は、のろのろした亀《かめ》のような足取りで進んで行く。すれ違うアベックに何やらからかいの言葉をかけている。

全く、低俗な男だ。私は唇《くちびる》を歪《ゆが》めて笑った。もう奴に頭を下げる必要はない。もうあいつは、私にとって、ただの標的に過ぎないのだ……。

あのわき道が近付いて来る。どうしようか？　ナイフを突きつけて、あの奥へ押し込むか。

私は、ポケットの中で、ナイフをケースから抜いた。鼓動が早まる。しかし、恐ろしくはなかった。

こうなる日を待っていたのだから、今さら恐れる必要はないわけである。

私は足を早めて、桜田に追いつこうとした。

不意に女の声がして、私はギクリとした。足を止めて周囲を見回す。

「ねえ、あんた」

私に声をかけたのではない。桜田へかけたのだ。桜田は立ち止まって、

「遊ばない？」

「どうせ婆《ばば》あだろう」

と言い返した。

「あら、失礼ね。まだ三十よ。見に来たら？」

「三十の二倍位じゃねえのか」

女は、そのわき道から声をかけているのだった。桜田はフラフラと、その声のほう

へ歩いて行く。

「こっちよ。——狭い？」

「ちゃんと入れるぞ」

「却《かえ》って体がくっついていいじゃない？」

女が笑った。

「おい待て。金は？　いくらだ？」

「いらないわ。私、寂《さび》しいだけなのよ……」

「そういうのが怪しい」

「信用しなきゃいいわ」

「待てよ。本当にタダか？」

「そうよ」

——沈黙が続いた。

布のこすれる音がした。女の呻《うめ》き声がした。

私は、別に何の興奮も覚えずに、その場に立って、桜田が出て来るのを待っていた。

死刑囚《しゅう》に与えられる最後の喜びか。それも慈悲《じひ》というものだろう。

桜田が唸った。——私は、じっと様子をうかがった。

何かがこすれるような音。そして、不意に、女の影がわき道から現れた。

はっきりとは見えなかった。白っぽいコート、中肉中背《ちゅうぜい》の体つき。長い髪。
それだけしか見分けられなかった。女は、こっちへ歩いて来かけて、私に気付くと、
クルリと背を向け、歩き去った。
女の靴音が遠ざかる。
桜田は何をしているのだろう？　私はなお少し待っていた。
一向に出て来る様子がない。眠ってしまっているのだろうか？
私は、そっとわき道へと近付いて行った。
そして、ナイフをポケットから出すと、道の奥を覗き込んでみた……。

手配

「ねえ、見た?」

「何? 殺人の記事?」

「そう。凄《すご》いじゃない、切り裂かれてたんですって?」

「今朝のTVのニュースでやってたわよ、現場」

「本当? 見なかったわ、凄かった?」

「そんなにはっきり映らないけど、血が広がっているのがちょっと見えた」

「へえ! 怖いねえ」

「変質者かしら」

「でも、女を狙《ねら》ってるわけじゃないのね。恨《うら》みかもしれないわよ」

地下鉄の話し声は、騒音と競って、どうしても大きくなる。

そのOLたちの話は、すぐそばに立っている私の耳に、いやでも飛び込んで来た。

顔を上げれば、こんな満員電車で、やめればいいのに、小さく折りたたんだ新聞を読んでいる人がいる。

その見出しが、自然、私の目に入るのだ。——

〈霧の夜の殺人〉

私が夢見た通りの見出しである。さすが一流紙は、〈切り裂きジャック〉を引き合いに出してはいなかったが、もう少し大衆的な新聞は、まともに〈切り裂きジャックの再来か！〉と大々的に報じていた。

そうだ。望んだ通りになった。

ただ、問題は、桜田を殺したのが、私ではないということだった。

出社すると、社内でも大騒ぎになっていた。もちろん桜田が顧問だったこと、昨夜、ここに来ていたことも、みんな知っているのだろう。

「おい平田！」

席へつくなり、山口課長が呼んだ。

「はあ、何か……」

「何か、じゃない。新聞を見たろう」

山口は不機嫌だった。

「はい。桜田さんはお気の毒でした」

「お気の毒か。——全くいい迷惑だ」

「といいますと……」

「警察が何か訊《き》きたいそうだ。小浜君とお前にな。九時半にここへ来る」

「分りました」

「いいか、うちの社の名前が出ないように気を付けてしゃべれ」

「はあ。でも、何もお話しするほどのことはありませんが」

「そう言えばいいんだ。余計なことは言うなよ」

「分りました」

「小浜君にもそう言っておけ」

どうやら山口は、K物産の名が傷つけられて、その責任を取らされるのが怖いらしい。

私は小浜一美の席へ行った。——まだ彼女は出社していなかった。

珍しいことだ。いつも彼女は十分前には出社している。

受付に行って、

「小浜君、休みって連絡は来てる?」

と訊いてみた。

「いいえ、何も」

ただ遅れているだけなのか。私は、何となく落ち着かない気分で席に戻った。

——昨夜、あの細いわき道を覗き込んで、血まみれになっている桜田を見付けたときの驚き……。

気が付いたときは、夢中で大通りへ向って歩いていた。霧の中から、オートバイが飛び出して来て、危うくはねられそうになり、そのせいでやっと気持が鎮まったのである。

アパートへ帰り着いて、私は、冷静に思い出してみた。桜田を誘っている女がいた。そして、桜田の呻《うめ》き声。――女が出て来て、私を見ると背を向けて逃げて行った。

あの女が犯人なのだ。他には考えられない。まさか、女が、とも思うが、鋭い刃物なら、力は大して必要としないだろう。

だが、あの女のことはほとんど分らない。深い霧の中、白っぽいコート姿だったが、それ以外、何も見えなかったのだ。中肉中背、長い髪か。――それだけではとても手がかりにはなるまい。

もちろん、桜田をつけていたことや、犯人らしい女を目撃したことを、警察にしゃべるわけには行かない。

それにしても……切り裂きジャックの再来を目指す私の目の前で、全く、ジャックそのままの手口の殺人が起こるとは。

何という皮肉な巡り合せだろうか。

九時半にならない内に、刑事が二人、やって来た。

「――桜田さんはここの会議に出ておられたそうですね」

応接室で、二人の刑事の内、若いほうが訊いて来た。

「そうです」

と私は答えた。

「会議は何時頃までかかりました？」

「ええと……九時頃ですね」

「桜田さんはその後、〈S〉というバーへ行っていたようですが」

「そうらしいですね。新聞で見ました。桜田さんのごひいきの店でした」

「二人ほど連れがいたようですが、誰だか見当はつきますか？」

「たぶん……池屋《いけや》さんと水島《みずしま》さんじゃありませんか。確か帰りがけにあのお二人に声をかけておられたようです」

若い刑事はその二人の住所や連絡先をメモした。

「帰るときに――いや、会議の途中でもいいんですが、桜田さんが誰かに命を狙われているとか、そんな様子はありませんでしたか？」

「さあ、特に気付きませんでしたが」

と私は首を振った。

「いつもと違っていたところとかには、気付きませんでしたか？」

「さあ、別に」

「そうですか」

若い刑事は、やや不満そうだった。しかし、言うべきことがないのに、でたらめも言えない。

もう一人の、中年の刑事が口を開いた。

「我々としては、通り魔的な犯行と、怨恨《えんこん》による犯行という、二つの線を追って行く方針なんですよ。それで、しつこくお訊きしているわけです」

「はあ」

と私は言った。

他に言いようがないではないか。

「昨夜、会議に出ておられた社員の方は、あなただけですか？」

「いや、もう一人、女性が……」

「その方にもお会いしたいですね」

「今日は休んでいるようです」

「お名前は？」

「小浜一美です。——ええ、その字です」

「どこにお住まいです？」

「調べて来ますか？」

「できれば」

全く警察というのはしつこい連中だ。私は受付へ行った。

「お待ち下さい」

「小浜君から連絡は？」

「ありません」

「そう。彼女の住所と電話、教えてくれないか。——うん、メモしてくれ」

応接室へ戻ると、私はそのメモを渡した。

「どうもお邪魔しました」

中年のほうの刑事は会釈《えしゃく》して言った。若いほうは、ぶっきら棒に、

「どうも——」

とだけ言った。

やれやれ。私は席に戻って、仕事を始めた。

「おい、平田」

と山口課長がやって来て、「何か訊かれたか？」

「別に大したことは……」

「そうか。それならいい」

なぜ課長はああも気にするのかな、と私は首をひねった。

まあいい。そんなことを考えている暇があったら、仕事をさっさと片付けよう。

昼休み、外はよく晴れ上がって、昨夜の霧が嘘《うそ》のようだ。

私は例によって、会社の食堂には行かず、近くのピザハウスで昼食を済ませた。コーヒーをゆっくりと飲んで、一時二、三分前に会社へ戻ったのだが……。

「おい！ どこにいたんだ！」

とたんに山口課長の声が飛んで来る。

「昼食ですが――」

「こっちへ来い！」

山口はまた何やら苛々しているらしかった。

「どうして黙っていたんだ！」

いきなりかみつかれて、私は当惑した。

「何の話ですか？」

「ゆうべのことだ」

「ゆうべ……。会議のことで何か？」

「桜田さんがえらく怒ったというじゃないか！」

「ああ、あのことですか」

私は、ホッとした。山口が何を言い出したかと思ったのだ。

「ちょっとタイミングが悪くて――」

「小浜君を怒鳴りつけていたんだそうだな」

「ええ。ですが、小浜君に責任はありません。むしろ桜田さんが不注意だったんです」

「どうでもいい」

山口はなぜか急に元気を失ったようで、「えらいことになった」と呟《つぶや》いた。

「あの件で何か？」

「警察は小浜君を疑っているらしい」

私は呆気《あっけ》に取られ、それから、笑ってしまった。

「まさか……」

「本当だ。小浜君のアパートへ行ったらしい。彼女はいなかった」

「そりゃ、出かけることぐらい、あるでしょう」

「そうじゃない！」

山口は手で机をバンと叩《たた》いた。「アパートから出て行ったんだ。身の回りのもの、現金、全部持って出ているらしい」

私には到底《とうてい》信じられなかった。彼女が犯人だということではなく、警察が、本当に彼女に容疑をかけているということが、である。

いくら、仕事で怒鳴られたからといって、その相手をナイフで切り裂いたりするはずがないではないか。

「彼女はお母さんと暮してるんじゃないんですか？」

「小浜君の母親は去年亡くなってるよ。知らなかったのか？」

「ええ。じゃ、独り暮しだったわけですね」

「そうだ。——全く、えらいことになった」

「小浜君はそんなことはしませんよ」

「俺がどう思うかは関係ない。警察がどう思うかだ。お前の話もまた聞きたいと言って来たぞ」

私は席へ戻った。

さっき、刑事に教えた、会議の出席者が、きっとあの出来事をしゃべったのに違いない。余計なことを！

それにしても、小浜一美はどこへ行ったのだろう？　アパートを出たというが……。

午後の仕事は、さっぱり手につかなかった。一時半頃、またあの二人の刑事がやって来た。

今度は同行せよということだった。公用だから仕方ない。私は山口課長に断って、社を出た。

パトカーに乗ると、若いほうの刑事が、

「なぜ隠してたんだ？」

と脅すような調子で言った。

「お茶をひっくり返したぐらいのことを、なぜしゃべらなきゃいけないんです？」

私は言い返した。中年の刑事が、若い刑事をたしなめるようににらんでから、

「すみませんね」

と私に向って微笑みかけた。「いや、悪気はないんです。いつも一筋縄で行かない連中を相手にしているのでね。つい口も悪くなります」

「どこへ行くんですか」

「小浜一美のアパートです」

私はチラッと刑事のほうを見て、

「もう呼び捨てですか。逮捕状でも出てるんですか？」

「これは一本取られたな」

と中年の刑事は笑って、「いや、我々もね、小浜さんが行方《ゆくえ》をくらましたりしなきゃ、まさか凝ったりしませんよ」

「どこかへ出かけてるんでしょう」

「旅行へ行くとか、そんな話を聞いていますか?」

「いいえ。別に小浜君と親しかったわけではありませんからね」

「なるほど。——昨夜の出来事について、あなたの口から聞かせて下さい」

あれは桜田の不注意だったのだ、と私は説明した。

「もちろん、彼女としては悔しかったでしょう。涙も浮かべていました」

「カッとなって殺すぐらいに?」

と若い刑事が、また突っかかって来る。

「あの程度のことで相手を殺していたらね、サラリーマンは全員人殺しですよ」

と私は言った。「それに彼女は、実に良くできた人でした。会社の誰にでも訊いてみるといいですよ」

しばらく沈黙が続いた。——やがてパトカーは、入りくんだ道を縫《ぬ》って、アパートの建ち並ぶ一角で停った。

「この奥が、小浜さんのアパートです」

私は、馬鹿馬鹿しいと思いつつ、仕方なく二人の刑事について行った。

「これですよ。——誰か来たぞ」

と、中年の刑事が、走って来る男に目を止めた。

「川上《かわかみ》さん！」

と、やはり刑事らしい若い男は、中年の刑事に声をかけた。

「何かあったか？」

「凶器らしいナイフを見付けました。来て下さい」

そんな馬鹿な！　私は思わず口に出しそうになって、あわてて口をつぐんだ。

電話の声

自分のアパートへ戻ったのは、もう、すっかり夜になってからだった。

夕食を外で取って来たせいでもあるが、夕方まで、警察であれこれと訊《き》かれていたのである。私が小浜一美のことをかばうので、何か特別な関係であるかのように見られたらしい。

全く、警察というところは、男と女がいれば、愛人関係だとしか考えないらしい。呆《あき》れたものだ。

しかし、とんでもないことになってしまった。

小浜一美が指名手配されそうな様子だったのだ。――彼女のアパートの近くの溝で見付かった真新しいナイフから、血液反応が、ごくわずかだが、出たというのだ。

しかし、そのナイフが彼女のものかどうか分りはしないし、血がついていたといっても間違って自分の指を切ったのかもしれないではないか。

その程度のことで、犯人と決めつけて、

「後は自白させればいい」

ぐらいに思っているのだろう。

小浜一美にとって不利なのは、突然姿をくらましてしまったことだ。全く、その点は彼女らしくない。

警察が調べたところでは、彼女は銀行の預金も、総《すべ》て引出しているということだった。

一体どこへ行ったのだろう？　そしてなぜ……。

部屋へ戻って私は、何をする気にもなれず畳の上に寝転んでいた。

本当なら、この私が、切り裂きジャックとして追われている立場である。ほんの一瞬の差。——あのとき、女が声をかけなかったら、私は桜田を殺していたはずだ。

運命というのは不思議なものだ、と思った。

小浜一美が犯人であるはずはない。私は、犯人を見ているのだ。顔は霧で分らなかったにせよ、あの長い髪は、小浜一美の、少し老《ふ》けて見える原因でもある、ひっつめた髪とはまるで違う。

それに——いくら怒鳴られて泣いたといえ、あんな殺し方ができるのは、異常者である。そう、私のような。

私なら、きっとあれぐらいの殺し方をしただろう。

「参ったな」

と私は呟《つぶや》いた。

特に意味のある言葉ではなく、ただ生活のリズムを極度に狂わされてしまった苛立《いらだ》たしさから来るグチだった。

寝転がっていても仕方ない。私は起き上がって、風呂でも沸《わ》かそうかと、風呂場のほうへ行きかけた。

電話が鳴り出した。誰だろう？

電話を引いてはあるものの、孤独な生活で、かけることも、かかって来ることも、めったにない。また警察だろうか？

気が重かったが、出ないわけにも行かず、そっと受話器を上げた。

向うからは何も言わない。

「もしもし」

と私は言った。「平田ですが」

少し間があって、

「私が誰か分りますか？」

と、女の声がした。

「どなたですか？」

私は訊き返した。やけに落ち着き払った、穏やかな声である。

「昨夜、お会いしましたね」

とその女は言った。

「昨夜？　さあ……分りませんね」

「憶《おぼ》えていらっしゃらない？」

少し声の調子が変った。――突然、分った。

あの声だ。霧の中で、わき道から桜田を呼んだ声である。

「――お分りになったようですね」

と女は少し笑いを含んだ声を出した。

「分りませんね。何をおっしゃっているのか……」

「隠すことはないじゃありませんか。昨夜はあなたも黒ずくめで、すてきだったわ」

どうしてこっちの電話を知っているのだろう？　しかし、口ぶりからいって、しらを切るのは無理なようだ。

「何の用ですか」

「そう怖い声を出さなくてもいいじゃありませんか」

女はむしろ愉《たの》しげな口調で、「お仲間でしょ、私たち？」

「冗談じゃありませんよ」

「あら、そう？」

と女は言った。「あの黒ずくめのスタイルはどういうこと?」

「私がどんな格好をしようと知ったことじゃないだろう」

「そうむきになることはないわ」

と女は軽く笑った。「その内、またお会いできるでしょうからね」

「その内?」

「そう。——私はまだ続けるつもりよ。男を殺してやるの」

私は、これが現実だろうか、と耳を疑った。

「警察には届けられないでしょ」

と女は言った。「あなたがどうしてあの太った男をつけ回していたか、説明しなきゃならないものね」

私は何も言わなかった。その点は女の言う通りである。

「じゃ、またその内に……」

「待ってくれ」

と私は急いで言った。

「何かしら?」

「君のおかげで私の同じ職場の女性が疑いをかけられている。彼女が無関係だということを、警察へ言ってやってくれ」

「他の人の面倒まではみきれないわ」

と、女は笑った。「その内には警察にも分るでしょう」

「しかし——」

「じゃ、またね」

電話は切れた。

私は、しばらく受話器を手に、ぼんやりと立ち尽《つく》していた。——今の電話の相手が、犯人の女であることは確かだとしても、なぜ私のことを知ったのか。そしてなぜ、私に電話をかけて来たのか。

私には分らなかった。女は、どうやら、男を憎んでいるようだ。しかし、切り裂きジャックのような異常者の犯罪なら、むしろ警察へ挑戦状を送ったりして、自分をPRするのではないか。少なくとも、あの女は、今のところ名乗り出るつもりはないようだ。

「お仲間」と彼女は言った。私は、無差別に女を殺すつもりだった。その通りだ。だが、少なくとも当面は、女を殺す気になれない。あの殺人を目撃してしまったことで何か、私の内の、煮えたぎっていたものが、一気に冷めてしまったようだった。

あの女は、何のつもりで私に電話して来たのか。またその内に、とも言った……。

ふと、私は気付いた。

あの女は、出会った男が私だったという確信がなかったのではないか？　おそらく出会った後も、あの近くにいて、私が桜田の死体を見付け、立ち去るのを見ていた。そしてこのアパートまで尾行《びこう》して来たのではないか。だが、あの霧の中である。他の男と見誤ったかもしれない。

そこで電話して来て、確かめたのではないか。――私はまた真正直に、それを認めてしまった。

あの女にすれば、私は目撃者なのである。私の口をふさぐつもりかもしれない……。

私は戦慄《せんりつ》が体を貫くのを覚えた。

「おい、平田、ちょっと来てくれ」

山口課長が呼んだ。

「はい」

「会議室だ」

何の用だろう？――私は会議室へ向って急ぎながら、あれこれ考えていた。

会議室は、がらんとして、山口一人が、奥のほうに腰を下ろしている。

「こっちへ来い」

山口は隣の椅子を叩いた。

「——何ですか」

「小浜君のことだ」

「はあ」

そう言われても、私には何の話か見当もつかない。

小浜一美が指名手配されて、一週間たつ。桜田が殺されて十日である。

もちろん、まだ小浜一美は捕まっていない。犯人でないことは分っているのだが、私にはそれを口にすることができない。

「君は小浜君がやったと思うか」

と山口が言った。

「思いません」

私は即座に言った。

「そうか。——俺もそう思う」

私は面食らった。山口が、もう解雇してしまった彼女のことを、こうも真剣な口調で話しているのが、どうにも奇妙だった。

「それが何か？」

と私が訊いても、山口は、しきりにボールペンでメモ用紙にめちゃくちゃな模様を書きつけているばかりだった。

「課長──」

「待ってくれ」

山口は急に立ち上がると、ドアのほうへ、抜き足差し足で近付いて行き、パッとドアを開けて、廊下を見回した。

何をやってるんだ?

「──平田君」

戻って来ると、山口は言った。「君は秘密の守れる男か?」

「必要なら」

「聞いてくれ」

山口は声をひそめた。「彼女は──小浜君は、あるビジネスホテルに泊っている」

私は目を見張った。

「どうしてご存知なんです?」

「三日前、俺の所へ電話してきた」

「課長へですか」

意外だった。山口をそれほど信用していたのか。

「俺は……小浜君とできていたんだ」

山口は低い声で言った。

「うん。まあ……半年ほど前からだが、何となくそうなって……」

　山口はもごもごとはっきりしない口調である。

「分りました。それで？」

「実は、君に頼みがある。小浜君が、桜田さんを殺したとは、俺も思っとらん。だが、実際、今彼女は追われている」

「なぜ行方をくらましたんです？」

「詳しいことは聞いていない」

　と、山口は目をそらした。

　言いたくない事情があるようだ。

「で、私に——」

「うん。彼女にこれを渡してほしい」

　と、山口は、上衣《うわぎ》のポケットから、封筒を出した。「金を少し工面《くめん》してある。それから、手紙が入っている」

　私は、それを受け取った。

「届けてくれるか」

「いいでしょう」

と肯《うなず》くと、山口はホッとした様子で、

「すまん！　よろしく頼むよ」

「ホテルはどこです？」

「あ、そうか。忘れるところだった」

山口はメモを書いて折りたたむと、私の手に押しつけた。「じゃ、頼むぞ」

――席に戻った私は、何とも妙な気持だった。

山口と小浜一美が……。どうにも似つかわしくない組合せだ。小浜一美も、独り暮しで寂しかったのだろう。

だが、これで彼女に会えるわけだ。話を聞くこともできる。

そう考えると、むしろ、小浜一美に会うのが、何となく楽しみにさえなって来た。

会社が終ると、私は真直ぐにそのホテルへ向った。

ごみごみした繁華街の一角で、ビジネスホテルとはいうものの、実際はラブホテルに近い、小さなホテルだった。

旧式なエレベーターで、四階に上がる。

「四〇八号か……」

ドアをノックすると、中で人の動く気配がした。返事をしないのは当然だろう。

覗《のぞ》き穴から私を見たらしく、

と呟くのが耳に入って、すぐにドアが開く。

「まあ」

「平田さん！」

私は絶句した。

わずかの間に、小浜一美はやつれ切っていた。やせて、頬《ほお》がこけてしまっている。

「やあ……」

私はやっとの思いで言った。「入っていい？」

「どうぞ。ここをどうして……」

「課長から聞いたよ」

殺風景な部屋だった。「ここにどれぐらい泊っているの？」

振り向いた私は、小浜一美が床に崩れるように倒れるのを見て、あわてて駆け寄った。

一美の秘密

「しっかりして！」

私は、床に倒れた小浜一美を抱き上げて、小さなベッドのほうへと運んで行った。

どうなっちゃってるんだ？

私とて、あまり力のあるほうではないので、いくらやせたとはいえ、小浜一美の体を運んで行くのは、一苦労だった。

「やれやれ、参った……」

私は呟《つぶや》きながら、洗面所らしきドアを開けた。風呂はついていなくて、シャワーだけの部屋だ。

私はコップに水をくむと、ぐいと一口飲んだ。少し気持を落ち着かせるには、水を飲むのが意外と効くのである。

タオルを水に浸して、軽くしぼり、ベッドのほうへ戻った。小浜一美は、苦しそうな息をしている。

濡《ぬ》れタオルで顔を拭《ふ》いてやると、彼女の瞼《まぶた》が微《かす》かに震えて、少しして目を開いた。

私はホッとした。

「——平田さん」

彼女は弱々しい声で言った。

「大丈夫？　医者を呼んでもらおうか？」

「いいえ、いいの」

と首を振って、「何でもないのよ」

「何でもないって……急にぶっ倒れて、何でもないってことはないだろう」

「原因は分ってるもの」

「どこが悪いんだい？」

小浜一美は、ちょっと恥ずかしそうに唇《くちびる》の端で微笑《ほほえ》んだ。

「この二日間、何も食べてないの……」

「何だって？」

私は唖然《あぜん》とした。「どうして？　外へ出ればいくらでも食べる所があるじゃないか」

「お金がないのよ。もう全然。——このままここにあと何日いられるかしら、と考えてたの。そしたらあなたが来てくれて……。ホッとして、気が緩《ゆる》んだのね」

「待ってなさい。今、食べる物を買って来てあげる」

私は小浜一美を部屋に残して、急いで外へ出た。ホテルから少し行くと、大衆食堂があって、折詰《おりづめ》の安い弁当を売っている。これでも、ないよりはましだろうと、二つ買い込み、ホテルへ取って返した。

――小浜一美は、弁当の一つをアッという間に平らげて、今度は、空っ腹に急に食べたせいか、腹痛でまたベッドに横になったが、

「こんな痛さなら、大歓迎だわ」

と、笑って言った。

少し落ち着いて来ると、私は彼女に、気になっていたことを訊《き》こうと思った。つまり、なぜ急に姿をくらましたか、である。

「ねえ、小浜君――」

と口を開きかけると、

「平田さん」

彼女のほうがそれを遮《さえぎ》った。「山口課長から――何か預かってない？」

「ああ、そうか。いや、君がいきなり倒れたりしたんで、忘れてたよ」

私は、山口課長が手渡してくれと言った封筒を出した。「何か、お金と手紙が入ってるって――」

彼女は、その封筒を引ったくるように取って、封を切ると、お金がいくら入っているかなど、気にもせず、手紙を出して開くと、じっと目を見開いて、読んで行った。

手紙は二枚あったが、一枚目だけしか書いてはいないようで、小浜一美は、すぐに読み終った。

その表情からは何も読み取れなかった。ついさっきまでの、多少和《なご》んだ顔つきが、固く、凍りついたような無表情に変っていたのだ。

「小浜君……」

そっと言ってみると、彼女はその手紙を私へ差し出した。少しためらってから、受け取る。

山口の、なぐり書きに近い悪筆である。

〈小浜君。

心配しているよ。体のほうは大丈夫か？

ちょうど悪い時期にとんでもないことになった。僕は反対したのだが、結局社長の一存で君は解雇されることになってしまった。

僕には家族がある。会社をクビになったら、女房子供を食べさせていけなくなる。

今の僕にできるのは、同封の、わずかな金だけだ。これでも女房に知られたら、大変なことになる。

どうか察してくれ。

山口〉

弁解と逃げ口上のみで成り立っているような手紙だった。

「――小浜君、君はなぜ急に姿をくらましたんだ？」

私はやっと訊いてみることができた。

「子供を堕《お》ろしてたの」

と、彼女は言った。

私は、何も言えなかった。――しばらく間を置いて、彼女は続けた。

「山口課長の子供よ。あの日、帰ってみると、山口課長から電話で、『明日、医者が待ってるから』って連絡して来たの。もう大分前から、あの人が医者を見付けると約束してくれてたの」

「それでお金もおろして……」

「そう。でも大してもってなかったの。預金をおろして、やっと費用になるくらいだったのよ」

「でも、君は地味な暮しをしてたから……」

「大分貯めてたわ、一時はね」

と、彼女は自分に向って冷ややかな笑いを浴びせるように、「全部、山口課長に貢《みつ》いじゃったのよ」

「課長に？」

「あの人、株に手を出して、定期預金なんかをゼロに近いくらいまで減らしてたのね。――今思えば、それがあるから私に言い寄って来たんだと思うわ。でも……そのときは私にも分らず……」

小浜一美は、唇をかんだ。目に悔《くや》し涙が浮かんでいたが、それが溢《あふ》れ出るのを、必死でこらえているようだった。

「ベッドの中で頼まれれば、いやとは言えないわ。どんどん私の預金が山口課長の口座へ振り込まれて行って。……残ったのは、中絶費用ぐらいだったの」

「それも課長は出さなかったのかい？」

「妊娠《にんしん》したのは、私が大丈夫だと言ったからだって言うの。まあ――私も、出してもらいたくもなかったけど」

「ひどいじゃないか、それは、いくら何でも！」

「ありがとう。でもね、普通のサラリーマンが、小遣《こづか》いの他に五万も十万も用意するって、大変なことよ。だから私も自分で出そうと思ったの」

「しかし……」

「ともかく、計算違いだったのは、ちょっと妙な医者にかかったものだから、料金は倍もとられて、ほとんどお金が残らなくなっちゃったのよ」

「それで二日間、飲まず食わずか」

「水は飲んだけど……」

と、小浜一美は、微笑みながら言った。「もう一つは、後の具合が良くなかったことね」

「大丈夫かい、そんな……」

「ともかく、この安ホテルへ着いて、それきり微熱を出して寝込んでしまったの。三日間ベッドから出られなくて……。やっと起き出してみると、あの事件でしょ。私が指名手配されてる。びっくりしたわ」

「警察へ行けばよかったんだ」

「私もよほど、そうしようと思ったわ。でも、そうなると、なぜ急に行方をくらましたと訊かれるでしょ。当然、山口さんの名も出るし、と思ったの」

「出たっていいじゃないか」

「まだ少し未練があったのよ」

と、小浜一美は、天井をじっと見上げた。

「――それから、今度は高い熱が出たり、出血したりして、寝込んでしまって、三日前に、やっと山口さんへ電話したの」

「ともかく体が大切だよ。ちゃんとした病院へ行かないと」

「もう大丈夫、痛みも熱もないわ」

と、肯《うなず》いて見せ、「困ったのは、手持ちのお金がなくなっちゃったことなの。支払いをしなきゃ、出るに出られないし。――ともかく、山口さんが来るのを待ってたのよ」

そう言って、小浜一美は寂《さび》しげに笑った。

「結局、捨てられたのよ、私」

私は、何とも言いようがなかった。山口へ激しい怒りを感じたが、しかし、今の私に、何ができるだろう？

「これからどうするんだい」

と、私は言った。

「ともかく、そのお金で、ここの清算をするわ。もう出てくれと何度も言われてるの」

「それから？」

「それから？――そうね」

小浜一美は、ベッドに起き上がって、ちょっと考えると、「ともかく残ったお金で、焼肉か何かを思い切り食べるわ」

と言った。

「――それにしても、桜田さんを殺したのは、誰なのかしら？」

ちょっとましな、鉄板焼の店に入って、私と小浜一美は、二人で四人前の皿をペロリと平らげた。もっともその内訳は、三人分が彼女で、私は一人分だった。

小浜一美は、手配されていることは承知しながら、一向に人の目を気にしなかった。却って気にしていないので、人目をひくこともなかったのかもしれない。大体、人は新聞やＴＶでちょっと見ただけの、ぼやけた写真の顔など、どの程度、憶《おぼ》えているだろうか？

「見当がつかないね」

と私は言った。「しかし、いやな奴《やつ》だったからな。恨《うら》んでる人間はいくらもいたんじゃないのか」

「それにしても、あの殺しかたは、まともじゃないわ」

と、一美は首を振った。

「ともかく、警察はどうかしてる。あんなことぐらいで人を殺すものかどうか、考えりゃ分りそうなもんだ」

「それは分らないわよ」

と、一美は、最後の肉の一切れを口へ入れて言った。「――私だって、怒鳴られてるときは、殺してやりたいくらい、憎らしかったものね」

「でも、そりゃ当然だろう。それを実行するのは異常なのさ」

「たぶん通り魔的な犯罪でしょうね」

「きっとそうだろう」

と、私は肯く。「男によほどひどい目に遭《あ》わされている女なんだよ」

一美が、ちょっと目を見開いて、

「どうして犯人が女だと思うの？」

と訊いた。

「いや――それは――」

私は詰まった。つい口が滑《すべ》ってしまったのだ。

「何となくさ。その……男を殺してるから女だろう、とね」

我ながら、下手《へた》な言い訳だと思った。しかし、一美は妙だとも思わなかったようで、

「そうかしら？　まあ、女のほうが、いざとなると残酷ですものね」

と肯いた。私は、内心、そっと胸をなでおろした。

「これから、どうするんだい？」

と私は話を変えた。

「そうね……」

一美はちょっと考え込んで、「口の中がさっぱりしないわ。外へ出て、どこかでコーヒー飲まない？」

と言った。

山口に捨てられたことで、一美は却ってふっ切れたようだった。以前よりずっと明るい感じになり、よくしゃべり、笑った。

誰が見ても、彼女のことを、指名手配中の殺人容疑者とは思わなかったに違いない。

——喫茶店を出ると、もう大分夜がふけていた。

「さて、どこへ行こうかしら」

と、一美は言って深呼吸した。

「友達とか、親戚とかは、いないの？」

「だめよ！　そんな人たちに迷惑かけられないわ」

と一美は強い口調で言った。

「警察へ行って事情を話したら？」

と私は言った。「よく話せば納得してくれると思うよ」

一美はゆっくりと首を振った。

「——どうして？」

「山口さんのことはしゃべりたくないの、私……」

「まだ山口に義理立てするのかい？　あんな奴、自業自得《じごうじとく》じゃないか」

「違うのよ。山口さんの奥さんや子供さんたちのことを考えるのよ」

私はなるほど、と思った。一美は続けて言った。

「それに私の話を立証してくれる人はいないのよ」

「だが、山口が――」

「否定したら?」

「手紙があるよ」

「でも、あそこには、子供を堕ろしたとは書いてないわ。『体は大丈夫か』っていうだけだもの。風邪ひきだっていいわけですものね」

「じゃ、山口のほうは放っとくつもりなのかい?」

「どうしようもなければ話すけど……家族の人たちにはショックでしょうからね」

「それじゃ、これから……」

「分らないわ」

一美は肩をすくめた。「ゆっくり一晩考えてみる」

「今夜はどこに泊るんだい?」

「どこか、また安宿を捜すわ」

「僕の所へ来たら?」

そう言って、私は自分でもびっくりした。

びっくりしたのは一美のほうも同様だったようだ。

「平田さん――」

「い、いや――これはその――決して変な意味で言ったんじゃないよ！」

私はあわてて言った。

「分ってるわ。――いい人ね、平田さんって」

彼女は微笑んで、「ともかく、今夜は一人でゆっくり考えたいの。お金も少しは余裕があるし。その先はまた考えるわ」

と私のほうへ向き直って、

「どうも色々とありがとう」

と、手を出した。私は、その白い手を握った。

一美は私の頰に軽く唇を触れた。そして、ちょっと手を握って、足早に去って行った。

どこへ行くのか？　どうすれば連絡が取れるのか。

私は声をかけたかったが、彼女の後ろ姿は、それを拒《こば》んでいるようで、ついに、彼女の姿は見えなくなってしまった。

少し風が出て来た。私は歩き出した。

「また霧にならないかな……」

ふと、私は呟いていた。

第二の凶行

次の日、出社すると、すぐに山口課長が私を呼んだ。

「おい、平田君、ちょっと打ち合せがある。来てくれ」

私はあまり気が進まなかった。昨夜も、山口の勝手な言い草に腹が立って、なかなか寝つけなかったくらいである。

山口は珍しく私を会社の下の喫茶店へ連れて行った。会議室では、人に聞かれると思ったのだろう。

「コーヒーをくれ」

と、山口は言った。

「僕も——」

と言いかけ、私は気が変った。

「紅茶にしてくれ」

山口は、神経質そうな手でタバコに火を点《つ》けると、何度かせわしなくふかして、すぐに灰皿へ押し潰《つぶ》した。

「会ってくれたか?」

「ええ」

「彼女……元気だったか?」

「やせこけてました。金がなくなったとかで……」

「そうか。——可哀《かわい》そうに」

山口はちょっと目を伏せ、それから、私を見た。「彼女から話を聞いたか?」

「大体のところは」

「勝手な男だと思うだろうな、俺のことを?」

私は答えなかった。山口は続けて、

「俺だって辛いんだ」

と言った。「君は知らんだろうが、俺は養子の身なんだ。いつも女房には頭が上がらない。何とか見返してやりたかった。——ついてなかったんだ」

「彼女だって、今さら金を返してほしいとは言いませんよ」

と私は言った。「しかし、彼女を殺人容疑者のままにしておくのは、いくら何でも、ひどいじゃありませんか」

「しかし、俺にはどうにもできない」

「彼女がアパートを急に出た理由を警察へ説明すべきです」

「そんなことをすればスキャンダルだ。女房の耳にでも入ったら──」

「大丈夫。警察だって、きっとプライバシーは守ってくれますよ」

「分るもんか。──俺はいやだ。もう……小浜君とは手を切ったんだ」

私は腹が立つというより呆《あき》れてしまった。こうも虫のいい男だったとは……。

「君は彼女に言い含められて来たのか？」

と、山口は言った。

「とんでもない。しかし、あんまり彼女が可哀そうじゃないですか」

「彼女だって、俺が世帯持ちと承知の上で関係したんだ。それぐらいのことは覚悟してるはずだ」

「しかし、殺人事件が絡《から》むとなれば話は別じゃありませんか？」

私は頑張った。

山口は私を怪しむように見て、

「やっぱり、あいつに言いくるめられたんだろう？」

と言い出した。「あいつと寝たのか？」

私はもう我慢できなかった。立ち上がると、

「失礼します。紅茶代はここへ置きます」

小銭をテーブルへ投げ出すと、私は店を出た。

全くひどい男だ。私もつくづく呆れる他はなかった。

しかし、これからどうすべきだろう？

――私は、よっぽど警察へ行って、何もかもぶちまけてやろうかと思った。

だが、小浜一美がどう決めるか、それも知らずに勝手に動いて良いものかどうか、と考えてみた。一美は一晩中ゆっくりと考えてみると言っていた。

ここはまず、一美の判断を優先すべきではないか。何といっても、私は単なる局外者に過ぎないのだから。

局外者？――いや、決してそうではない。私は桜田を殺した犯人を見ている。そして向うも、それを知っているのだ。

だが、彼女にそう言うわけにもいかない。

――席に戻っても、私はなかなか仕事が手につかなかった。

どうやら表は雨になっているようだった。

五時になって、帰り支度《じたく》を始めていると、山口がやって来た。

「なあ、平田君」

と、いやになれなれしい。

「何ですか？」

「今朝はちょっと言いすぎた。まあ、気を悪くしないでくれ」

私はムッとして、

「僕にそんなことを言っても仕方ありませんよ。彼女に謝ったらいかがですか?」

「実はそのことだ」

と、山口は左右を見回し、「——今、彼女はどこにいる?」

と少し声を低くして訊いた。

「知りません」

「ゆうべは一緒だったんじゃないのか?」

「夕食を食べましたが、それだけですよ」

「そうか……」

山口はがっかりした様子で、「いや、あんな手紙だけでは、いくら何でも誠意がなかったと思ってな」

多少はまともなことを言い出した。

「会って詫びたいと思うんだ。どこへ行くとも言ってなかったか?」

「さあ……」

私は肩をすくめた。「何なら、あのホテルへ行ってみたらいかがです? もしかしたら戻ってるかもしれませんよ」

口から出まかせである。しかし、多少の可能性もないではなかった。

まるきり知らない所に泊るよりは、何日か過した所のほうが安心だろう。もちろん、顔を憶えられているという危険性はあるわけだから、逆に敬遠することも充分に、考えられるが……。

「そうだな。行ってみるか」

と山口は言った。「いや、どうもありがとう。もう君には決して迷惑はかけないからね」

山口は自分の席へ戻って行った。

私は帰り支度をして、外へ出た。

細かい雨が一面に霧のように立ちこめている。——雨ではあるが、霧の夜と同じように、見通しがあまり良くきかない。

私は、あの桜田が切り裂かれた夜を思い出して、一瞬身震いした。

あの夜、私は桜田を殺すつもりだったのだ。ほんの偶然が、私を殺人者から、殺人の目撃者へと変えた。ともかくも、否応《いやおう》なしに、私は事件に巻き込まれていたのである。

傘をさして、少し歩きかけた私は、会社のビルを見上げた。もちろん、まだ明りがついて、残業している者たちも多い。

今さら出世したくもない私としては、残業して、上役にいい印象を与える必要も別になかった。

私は肩をすくめて歩き出した。

霧雨。——どうにも、重苦しい気分だった。何か起こりそうな気がする。

その白いヴェールを一瞬の内に切り裂いて、あの謎めいた女が、目撃者を殺しに来るのではないか……。

実際、こんな雨の中では、どんな犯行が目の前で起ころうと、人はさして気にも止めずに行き過ぎてしまうだろう。

誰もが、ただ早く家へ帰りつくことしか考えていないのだ……。

私は、向うから歩いて来た男と、危うくぶつかりそうになった。

「気を付けろよ!」

と怒鳴られる。

「すみません」

不注意はお互い様だと思ったが、つい謝ってしまうのが、私の気の弱いところなのである。

私は、せかせかと歩いて行く、その男のほうを振り返った。すると、また、その男が誰かとぶつかりそうになって、

「気を付けろ！」

とやっている。

「どうも」

という声は、山口課長だった。

おかしい、と思った。確か山口はこっちへ帰るのではないはずだ。

私は、とっさにわきへと身を寄せて、山口をやりすごすことにした。山口は私のことなど全く気付かない様子で、通り過ぎて行ってしまう。

どこへ行くのだろう？——昨日、小浜一美が泊っていたホテルか。

私はちょっと迷ってから歩き出した。山口の後をついて行く。

山口は、途中で、夜間まで開いているスーパーの一つへ立ち寄った。私は、外から、明るい店内の様子を眺めていた。

雑貨のコーナーへ行った山口は、何やら捜していた物を見付けたとみえて、それをレジへ持って来た。店員がそれを手に取って、レジを打つ。

私はギクリとした。山口が買ったのは、ナイフだった。

何のつもりで、山口はナイフを買ったのだろう？——私は、雨の中、山口の後を尾《つ》けながら考えていた。

もちろん、ナイフとはいえ、山口が買ったのは、缶切り、栓抜きなどがついた万能ナイフというやつだ。自宅で使うのかもしれないが、しかし、あのナイフで人を刺すことだって、出来ないわけではない。

まさか、とは思ったが、私は前を行く山口の背中から、目を離せなかった。

――やはり、山口はあのホテルへとやって来た。

小浜一美は泊っているだろうか？

入口の扉の手前で、私は足を止めて、暗がりへ退いた。山口は、フロントへ行って、人がいないのに当惑した様子だった。

置いてあるベルを鳴らすと、中からのっそりと六十ぐらいの年寄りが出て来た。

「知り合いが泊ってると思うんだけどね」

と山口が言った。

「お名前は？」

山口はどう言っていいのやら詰まって考え込んでしまった。きっと彼女が本名で泊っていないに違いないと思い付いたのだろう。

「ええと……小浜というんだけど、もしかすると――」

「小浜さんね。三階の三〇四ですよ」

「あ、ありがとう」

「山口さんって方ですか？」

「そうだよ」

山口はびっくりした様子だった。

「あんたが来たら部屋を教えてあげてくれ、って言われてたよ」

山口は、

「どうも……」

と、落ち着かない様子で、階段のほうへ行きかけた。

「ああ、エレベーターはそこだよ」

と言われて、あわてて方向転換している。

フロントの男が、また奥へ引っ込むと、私はそっとホテルの中へ入って行った。

エレベーターが二階、三階へと上がって行くのを見て、私は階段を上がることにした。

三階ぐらいなら、階段でも大して苦にならない。私は足早に階段を上がった。

三階の廊下を見渡す。どうやら逆の方向へ出て来てしまったようである。ドアのナンバーを追って行くと、三〇四のドアが、少し開きかけたままになっているのに気付いた。

もし山口が一美と本当に話し合っているのだったら、そこへ顔を出すのも妙だな、という気がして、私は足を緩《ゆる》めた。

だが、中からは、話し声らしきものは、全く聞こえて来ない。——しばらく耳を澄まして、それから、首をのばして中を覗いた。

部屋の中は真っ暗だった。

どうしたのだろう？　話をするにしても何にしても、ドアを開けたままにして、しかも明りが消えているというのはおかしい。

私はゆっくりとドアを開けた。廊下の光が部屋の中へ射し込む。

山口の姿も、一美の姿もなかった。

「——課長」

と、そっと声をかけてみる。

返事はなかった。見回してみたが、どこにも、人がいたという様子がない。スイッチを探って、明りをつけた。

一美が昨日までいたのと同じような部屋である。——ではシャワールームのほうにいるのかな？

そのドアの前で、しばらく耳を澄ましてみたが、物音はしない。私はドアを開けてみた。

とたんに、何かビニールの布のような物をすっぽりと頭からかぶせられて、私は後ずさって尻もちをついた。

誰かが飛び出して行く足音がした。私はあわてて布を払って叩き落とす。シャワーのカーテンだ。立ち上がった私は、チラッとシャワールームを覗いて、仰《ぎょう》天《てん》した。

シャワーの下に、山口が血に染まって、うずくまるように倒れていた。血が、排水口へ向って流れている。私は急いで廊下へ飛び出した。

山口が殺された！　なぜだ？　一体誰が？

「まさか！」

思わず私は口走った。一美がやったのか？

——他に誰がいよう？

ともかく、この場でうろついているわけにはいかなかった。人に見られては大変である。

エレベーターへ足が向いたが、思い直して階段へと急ぐ。

エレベーターでは、下手をするとフロントの男と、まともに顔を見合わせてしまう恐れがあるからだ。

一階まで降りた私は、そっとフロントのほうを覗いた。誰もいない。これ幸いと、足早に通り過ぎようとして、私はギョッとした。フロントのカウンターの端から、男の足が覗いていたのだ。

私はそっとカウンターの内側を覗き込んで愕然《がくぜん》とした。

あのフロントの老人が、胸を朱に染めて、倒れていた。

その日は、生きているとき以上に愛想よく、こっちを見ているように思えた……。

私は、アパートへ帰り着くと、しばらくはぐったりして畳《たたみ》の上に寝転がっていた。

傘を持っているのを忘れて、雨の中を歩いていたので、服はすっかり濡《ぬ》れてしまっている。

着替えないと風邪を引く、と思いつつ、起き上がる元気もなかった。

あれが一美の犯行なのか？　山口を殺すのは分らぬでもないが、しかし、いくら顔を見られているとはいえ、フロントの男まで殺すというのは……。

一美ではないのだろうか？　しかし、フロントの男は、彼女が部屋で待っている、と言っていた。

起き上がって、時計を見る。――三十分近くも、濡れた服で寝転がっていたことになる。急いで風呂の口火を点け、服を脱いだ。

沸《わ》くのを待っていられないので、シャワーだけを浴びることにする。

やっと生き返った思いで風呂から出て来ると、電話が鳴った。

「はい、平田です」

少し、向うは黙っていた。「――もしもし？」

「平田さん？」

私は、せっかくあたたまった体に、冷水を浴びせられるような気がした。

「君か……」

「今夜はもうちょっとでお会いできるところだったのに残念だったわね」

「今夜？」

私の顔から血の気がひいた。「おい、君はまさか――」

「山口って男、殺してあげたわよ」

「何だって？」

「ついでにフロントの人は気の毒だったけれど、死んでもらったわ。死んでも、そう世界の損失って人でもなさそうだったものね」

女は低く笑った。

「どうして山口を……」

「やっぱり私も女ですからね」

と、女は言った。「小浜一美さんの気持が良く分るの。山口って男は赦《ゆる》せないわ」

「ちょっと待ってくれ！　君はどうして彼女のことを――」

「いいじゃないの、そんなことは」

と、女は笑いを含んだ声で言った。

「君は、彼女のために山口を殺したっていうのか？」

「そうよ。それからね、一つ付け加えると、山口は彼女を殺す気だったのよ」

「何だって？」

予想していなかったわけではないが、やはり、ドキリとした。

「ナイフを持っててね。もっとも、使うひまはなかったけど」

私は女の、低い笑い声に一瞬戦慄《せんりつ》を覚えた。

「君は誰なんだ？　どうして僕や小浜君のことを知ってる？」

「その内分るでしょう」

と、女は言った。「いつか、お会いすることがあるでしょうからね……」

「しかし――」

「それじゃ、またね」

と女は言った。そして、電話は、沈黙した……。

寂しい逃亡者

〈切り裂きジャック、第二の凶行《きょうこう》?〉

〈恨《うら》みか？　手配中の小浜一美の上司殺さる〉

〈独身女性のヒステリーが原因?〉

私は、電車の中で目につく見出しに、ため息をついていた。

女は三人もの男を殺した。

もちろん本当の意味での切り裂きジャックとは違う。ジャックは夜の女なら誰でも見境なく殺した。

しかしこの女は、今のところ、桜田、山口、という関連のある人間を殺している。

あのフロントの男は別にしてだが。

それにしても、これで小浜一美が犯人であるという容疑は決定的になった。

当人たちは隠しているつもりだったろうが、一美と山口の関係も、警察が調べれば、早晩《そうばん》明るみにでよう。そうなれば、一美は殺人者の烙印《らくいん》を押されたも同然だ。

重苦しい気持で出社すると、会社は大騒ぎだった。もちろん、課長の一人が殺されたのだ。当り前の話である。

私が、たぶん一番静かにしていたのではないだろうか。

「――平田さん」

と、女の子がやって来た。

「何だい？」

「警察の方が」

「分った」

来ると思っていたのだ。

応接室へ入って行くと、桜田が殺されたときに来た、中年の刑事――確か川上とい
った――と、やたら高圧的に出て来る若い刑事の二人がいた。

「――どうも、課長さんはとんだことでしたね」

と川上という刑事が悔《くや》みを述べる。

「恐れ入ります」

「今度の犯行も、前の桜田殺しと手口が大変よく似ているのです」

と川上は言った。

「すると、やはり小浜君の犯行だとお考えなんですね？」

「当り前ですよ」

若いほうの刑事が言った。どうにも、すぐに突っかかって来る。

「松尾《まつお》君」

と、川上がたしなめて、「どうでしょう？　小浜一美には、山口さんを殺すような理由がありましたかね」

と訊《き》いた。

「どうして僕にそんなことをお訊きになるんです？」

「小浜一美と親しかった。そうでしょう」

と松尾とかいう若い刑事が口を出す。

「同僚です。それだけですよ」

「山口さんのことはどうでした？」

と、川上が言った。

「どうだったかとおっしゃられても。――どういう意味のご質問ですか」

「あなたの個人的な感想ですよ。お好きでしたか？」

「課長をですか？」

私は大して迷わなかった。「好きとは言えませんでしたが」

「なぜです？」

「あまり器《うつわ》の大きい人ではなかったですしね。自分勝手で口やかましかったし」

私は肩をすくめて、「要するにふつうの上役でしたよ」

と言った。

「いや、これは皮肉ですな。耳が痛い」

と、川上刑事は笑った。「しかし、殺したいとは思わなかった？」

「世の中に上役がいなくなりますね。そんなことをしていては」

と私は言い返した。

「昨日は、山口さんは残業されましたか？」

「さあ、分りません」

「あなたは？」

「帰りましたよ。課長はまだそのときは社にいました。その後のことは分りません」

「なるほど」

川上刑事は肯《うなず》いた。「山口さんが殺されたとき、ホテルのその部屋の宿泊名は、〈小浜一美〉となっていましたよ」

「本名で泊っていたんですか。ずいぶん大胆ですね」

「そうですな。ホテルなどは、やはり指名手配犯などは気を付けていますからね」

「じゃ、もしかしたら他の人間じゃないんですか？　彼女がやったと見せるために……」

「その可能性はあります」

と、川上刑事は肯いたが、どこまで本気でそう答えていたのかは、疑わしい。

私からは大して聞き出せないと思ったのか、川上刑事は、

「もう結構です」

と、私を解放してくれた。

その後も、しばらくは何人かの社員、特に女子社員たちをかわるがわる呼んでは、話を聞いていた。

二人の刑事たちが帰っていったのは、もう昼近くだった。

社長が、全社員を会議室に集め、何だかわけの分らぬ訓辞を垂《た》れた。要するに、しっかり仕事をしろ、ということだったらしい。

席へ戻ると、すぐに昼休みのチャイムが鳴った。私は昼食を食べに社を出ようとしたのだが……。

どうも妙だった。いつもなら、チャイムと共に、一斉《いっせい》にワッと社内から人が消えるのに、今日は、みんなやけにぐずぐずしていて、なかなか席を立たないのだ。

「――平田さん、食事に出るの？」

と女の子の一人が言った。

「うん。君は？」

「だって――出にくいわ。社の人があんなことになって」

「そうよ」

と他の一人も肯いた。「他の社の人に言われるのよね、色々と」

「本当に迷惑しちゃう！」

私は呆《あき》れて彼女たちの顔を眺めたが、何を言う気もなくなって、一人でさっさと社を出て行った。

外へ出て、さてどこへ行こうか、と思案した。

少し高いが、ちゃんとしたレストランへと足を向ける。――少々、会社の連中への反抗心も頭をもたげていたのだ。

高いせいで、中は空《す》いている。もっとも、ここも以前に比べるとランチなども用意して、大分入りやすくしている。

高級志向では、こんなオフィス街ではやって行けないのだろう。

もっとも、こっちも、千円や千五百円のランチがあるからこそ、こうしてたまには来られるのだが。

一人でのんびり食べて、デザートとコーヒーが出るのを待っていると、

「平田様、いらっしゃいますか？」

と、レジから声があった。

私のことだろうか？――別人かな、と思いつつ、一応出てみようかという気になった。

「――平田ですが」

「お電話が入っております」

「そう。別の平田さんかな。――まあ、出てみます」

私は受話器を取った。「もしもし、平田ですが」

少し間があって、

「平田さん？　小浜です」

という声。私はびっくりした。

「君……どこにいるんだ？」

「その近く。もしかしたら、と思って、あっちこっちへかけてたの」

「そうか。――新聞見た？」

「ええ。でも私じゃない！　本当に私じゃないのよ！」

「分ってるよ」

と私はなだめた。

「もう……どうしていいのか分らないわ」

「ゆうべはどこへ泊ったの？」

「やっぱり、あんな感じのホテルよ。でも、同じ所に泊るなんて、そんな度胸ないわ」

小浜一美は、軽くため息をついて、「大変でしょうね、会社」と言った。

「うん。でも、その内きっと分るさ。元気を出して」

「ありがとう。——平田さんの言葉が一番嬉《うれ》しいわ」

彼女の声が震える。泣いているのだ。私は胸が詰まった。

「ねえ、これからどうするんだい?」

と私は訊いた。

「分らないわ。——まだお金は少し残ってるの。どこか、働ける所はないかしら」

「そんな……。ねえ、五時までどこかで時間を潰《つぶ》していられる?」

「ええ、たぶん……」

「じゃ、帰りに会おう」

「でもあなたの迷惑じゃ——」

「いいんだ。ともかく待っててくれ」

「ありがとう」

一美の声は、本当に嬉しそうだった。

人を喜ばせることができる。それは私にとって、滅多《めった》にない経験であった。

「さあ、入って」

私は言った。

小浜一美は、おずおずと私の部屋へ入って来た。

「遠慮しないで。――さあ、座って」

私は窓のカーテンを閉め、ドアにもチェーンをきちんとかけた。

「ごめんなさい、図々《ずうずう》しくついて来て」

と、一美は言った。

「僕が誘《さそ》ったんだよ、何を言ってるんだ」

私は、やかんをガスにかけて、

「ここにいる間は安心さ。ゆっくりしているといいよ」

私はデパートで買いこんで来た弁当を二つ出して、

「さあ食べよう。お茶を淹《い》れるからね」

「それぐらいは私にやらせて」

と一美が立ち上がる。

私も、お茶は彼女に任せることにした。

食事の間は、二人とも、努めて事件の話はしないようにしていた。

彼女も、やっといつもの彼女らしい落ち着いた笑顔を見せた。

「──さあ、これからどうしましょうか」

と、食事を終って、お茶を淹れかえると、一美が言った。

「疲れたろう？　風呂を沸《わ》かすから、入って寝るといいよ」

一美は、微笑《ほほえ》んだ。

「ありがとう。──でも、あなたを刑務所へ送るような真似はしたくないわ」

「大丈夫だよ。その内には、真犯人も捕まるさ」

「どうかしら」

一美は首を振って、「山口さんまで殺されてしまって。──これで私が姿を消した理由を説明してくれる人がいなくなったわ」

その通りだ。山口の死は、一美の桜田殺しの容疑を晴らすことを不可能にしてしまった……。

「でも誰かしら？　桜田さんと山口さんを殺す人なんて、想像がつかない」

「うん、全くだ。しかも山口課長を殺した奴は、ホテルに君の名で泊っている」

「私のことを知っているのね。それに、あのホテルに泊っていたことも」

不思議だ。なぜあの女は、それを知っていたのだろう？

「ねえ、平田さん、私——」

と一美が言いかけたとき、ドアを叩く音がして、一美は息を呑《の》んだ。

「押入れに！」

私は低い声で言った。「——はい！」

「今晩は。回覧板ですよ」

と隣の家の奥さんの声だ。

「ちょっと待って下さい！」

一美が押入れに入るのを確かめ、玄関のドアを開ける。

「ご苦労様です」

「じゃ、これ。——お客様？」

と、その奥さんは、部屋の中を覗《のぞ》き込んで言った。

テーブルの上に、二つの弁当箱、茶碗が出たままである。

「ああ、ちょっと——親戚が来て、もう帰ったんです」

と私は言った。

「そう。じゃ、どうも」

——私はホッと息をついた。

靴だけでも片付けておいて、よかった。

足音が隣の部屋へ消えるのを確かめ、私は押入れの戸を叩いた。

「もう大丈夫だよ」

戸が開いて、一美が出て来ると、大きく息を吐《は》き出した。

「何だか……息が詰まりそうだった」

しばらく、どちらも口をきかなかった。――やはり、こんな部屋に一美をかくまっておくのは無理なのだ。

「ともかく風呂を沸かすよ」

と私は立ち上がった。

先に彼女を入れて、私はTVを見ていた。ニュースでは、また彼女の写真が出ている。

何とかして、彼女の無実を証明する手段はないだろうか?

ここまで来てしまっては、難しいように思われた。

警察は完全に彼女を犯人として追っている。もし今後も、あの女が犯行を重ねたとしても、それまでが一美の犯行ということになってしまうだろう……。

彼女が出て来る様子に、私は背を向けた。

「いいお湯だった。――こんなにホッとしたの、アパートを出てから初めてよ」

「それは良かったね」

私はTVを消した。

「平田さん、入って」

「うん。先に寝てくれ」

私は、彼女のほうを見ないようにして、風呂場へと入った。——何しろ狭いアパートである。

どこか、彼女が安心していられる場所が必要だ。

しかし、私とて、二つも部屋を借りるほどの金はない。どうしたものだろう？

考えながら、ゆっくりと入浴して、すっかりのぼせてしまった。

もう眠っているかな。——そっと風呂場を出て、私は空っぽの部屋を見回した。

たたんだままの布団《ふとん》の上に、小さなメモが置かれていた。

新入社員の歓迎会

「乾杯！」

と、大声を張り上げたのは、殺された山口の後、課長になった笹山《ささやま》である。

何が乾杯だ。およそそんな気分じゃないよ……。

私は、ほんの少しだけビールに口をつけて思った。誰も、あまり気勢が上がらないようで、

「乾杯」

の声も、遠慮がちで元気がない。

それもまあ当り前である。課長が殺され、課員の女性が指名手配されているのだ。

いくら新課長と、新入社員の歓迎会とはいえ、楽しめるはずがない。

それに、こういう会は、通例で、新課長が自腹《じばら》を切ることになっている。

あのケチな山口ですら、課長になりたてのときは、嬉しかったのか、なかなかいい店へ連れて行ったものだ。

ところが、今度の笹山と来たら、いくら事情が特別で、祝うにふさわしくないから

といっても、会議室で、買って来たサンドイッチやおにぎりだけで済まそうというのだから、お話にならない。

故人の手前、まずいということなら、一切こんな会をやらなければいいのである。

おかげで、飲むのを楽しみにしていた連中は肩すかしを食わされるし、夕飯代が浮くと喜んでいた独り暮し組は、

「これじゃ、やっぱり帰りにラーメンでも食わなきゃな」

と囁《ささや》き合う始末である。

「ともかく、明日からは新しい気持で、各自仕事に励《はげ》んでもらいたい」

と、笹山はそっくり返りながら言った。

あまり貫禄《かんろく》のないタイプで、そっくり返ると、転ばないように後ろへ突っかい棒を立ててやりたくなるくらいだ。

しかし、口では、「前、山口課長の志をつぎ……」などと言っているが（山口に志というほどのものがあったとも思えない）、その実、山口と仲の悪いことでは有名だったから、ヒョンなことで課長になれたのが、笹山は嬉しくて仕方ないのである。

その気持がつい顔に出て、一人でビールをガブ飲みしている。

「では、一応、会はこの辺で――」

と笹山が言い出した。

「笹山さん。——課長」

と一人が笹山をつっつく。

「何だ？」

「あの——新入社員の紹介のほうを、まだやってません」

「あ、そうか。いや、ついうっかりした」

と笹山はゲラゲラ笑った。

「頼りないわねえ」

と、女性課員が聞こえよがしに言った。

「ええと、つまりその——小浜君がその——つまり——いなくなったので、新しくこの——」

笹山は、いささかろれつの回らなくなった口調で言いかけて、

「あれ、何て名前だっけ？」

失笑《しっしょう》が起こった。笹山のわきに座っていた、女の子が立ち上がって、

「大場妙子《おおばたえこ》と申します。あまり仕事の経験がございませんので、色々ご迷惑をかけると思いますが、どうぞよろしくお願いいたします」

と、笹山よりよほど落ち着いて挨拶をした。

大場妙子か。——小浜一美の代りといっても、一美はベテラン社員だったのだ。当

分は、半人前以下と思わなければなるまい。

年齢はたぶん二十一、二だろう。まあ、見たところは真面目そうだ。

しかし、最近の女の子は外見だけでは分らないものだからな……。

「で、課長、大場君はどこの席へ行くわけですか?」

と誰かが訊いた。

「ん? ああ、そりゃもちろん小浜君の席さ。平田君、君が面倒をみてやってくれ」

と、私のほうを見て言った。

「はあ」

私は気が重かった。新入社員を一人しょい込むと、仕事は倍にふえる。彼女ができない分だけ、こっちの仕事はふえ、さらに、彼女に教えるという仕事までふえることになるからである。

だが、気が重かったのは、それだけの理由ではない。——小浜一美が、今、どこでどうしているかが気になって仕方なかったのである。

お粗末なパーティが終り、私は、洗面所へ行った。鏡の前で、ポケットから、定期入れを出し、中から、折りたたんだ紙を出して広げた。

一美が、私のアパートを出るときに置いて行ったメモである。

〈平田さん。あなたにこれ以上甘えては、あなた自身まで罪に問われることになりま

す。あなたの親切は決して忘れません。私のことは、もう心配しないで下さい。一美〉

落ち着いた字で、震えもない。

あれから、もう数日たつ。一美はどこでどうしているのだろうか？

私は無力感に捉《とら》えられて、じっと鏡の中を覗き込んだ。

トイレの表で、ワイワイガヤガヤと声がする。これからどこかで飲み直そうという連中だろう。

私は出て行く気にもなれず、しばらくその場で待っていた。——やっと静かになった。

トイレを出て、事務所のほうへ戻って、びっくりした。大場妙子が、私の隣の席に座っていたのだ。

「どうしたんだい？」

と声をかける。

「お待ちしてたんです」

と、大場妙子はちょっと照れくさそうに言った。

「僕を？」

「はい」

「どうして……。みんなどこかへくり出したんじゃないのかい？」

「誘われましたけど、私、やっぱりこれから一番お世話になる平田さんとご一緒したくって……」

「そんな気をつかうことはないよ」

と私は苦笑した。「僕は飲まない人間だからね。真直ぐ帰って寝るだけさ」

「もしお約束がなければ、夕食をごちそうしたいんですけど」

「君が？」

私は面食らった。「しかし、そんなわけには――」

「いいえ、ぜひお願いします」

彼女の熱心さに負けて、私は肯いた。もちろん、それで夕食代は助かるわけだが、いくら私が変り者でも、それではちょっと惨《みじ》めである。

ともかく、行った調子で、こっちが払うようにすればいいだろう。

「分った。じゃ、行こうか」

と、私は言った。

だが、私のとんだ計算違いだった。

大場妙子が連れて行ったのは、青山の高級住宅地の一角、見たところ、どこの邸宅かと思うような、古びた洋館だった。

ここがレストランであることを示すような看板の類は一切出ていない。いかにも、食通の好みそうなフランス料理店なのだった。

しかも、驚いたことは、大場妙子はこの店ではかなりのなじみ客らしく、ウェイターや支配人と気軽に言葉を交わしている。

これでは、いくら無理をしても、こっちが払える金額で済みそうもない。私は、彼女にごちそうになることにした。

「凄い店だね」

と私は言った。

「いいえ、見かけほどじゃないんですよ」

と、大場妙子は言った。「それから、支払いのほうはどうぞご心配なく。私が払うわけじゃありません。父がよくここを使うので、つけておけるんです」

「なるほど」

私は多少、気が楽になった。

食事はすばらしかった。鹿の肉とか、ウサギの何とかだとか、およそ口にしたことのないような物が出て来るが、確かに高いだけのことはあると思わざるを得なかった。

大場妙子は、こういう雰囲気にはよほど慣れているものと見えて、会社で見ていたときには至って地味な娘に見えたのが、ここでは、輝き出すように美しく、活き活きとして見えて来るのだった。

デザートに、メロンが出た頃《ころ》には、もうこっちはアルコール抜きで、酔っ払っているような気分であった。

「――しかし、君だったら、もっといい会社へいくらでも入れるんじゃないの？」

と私は訊いた。

「コネで入ったりするの嫌いなんです」

「なるほど」

「そんな入社の仕方しても、ちっとも面白くありませんわ」

「しかし、なぜＫ物産を選んだの？」

「あの事件があったからです」

「あの事件って……例の〈切り裂きジャック〉の？」

「ええ。で、ちょうど女子募集の広告が出ていたので、あ、これならきっと応募する人いないんじゃないか、って思ったんです。倍率は低いほうがいいですものね」

私は思わず笑い出していた。いや、ここまで来れば、立派なものだ！

「で、計画通りになったんだね？」

「でも、私と同じことを考えた人がいるらしくて、三人来てました」

と、妙子は、澄ました顔で言った。

「やれやれ、しかし偉いなあ今の若い人たちは」

と私は言った。

「あら、平田さんだって、まだお若いわ」

「もう三十六だよ。人生に疲れる年齢さ」

特に、このところね、と私は心の中で付け加えた。

コーヒーを飲んでいると、店を出ようとした客の一人が、私たちのテーブルのほうへやって来た。

「大場さんのお嬢さんでしょう」

妙子はびっくりした様子で、

「あ――どうも」

と、ちょっと落ち着かない口調で、「ちょっと知り合いの方で……」

と私のほうへ目をやる。

「いや、伯父さんはお気の毒なことをしましたねえ」

どこかの会社の重役だというタイプのその男は言った。「お葬式にも出られず、失礼しました」

「いいえ」

「早く犯人が捕まるといいですね。では、失礼」

その男が行ってしまうと、妙子は、ちょっと照れたような笑顔を向けた。

「君は……」

と私は言いかけた。

「私は、死んだ――というか、殺された桜田の姪《めい》なんです」

「桜田さんの――」

「母が桜田の妹でして。ごめんなさい。騙《だま》すつもり……だったんだわ、はっきり言っちゃえば」

「僕を?」

「というより、会社の人たちを。――私、納得できないの。あの小浜一美って人が犯人とは思えなくて」

意外な言葉に、私は何とも言えなくなってしまった。

「そうでしょう? 小浜一美さんって、ずいぶん長く勤めたって聞きましたけど」

「うん。超ベテランだよ」

「そんな人が、怒鳴られたくらいで人殺しをするなんて。それもあんな殺し方をするのは、単なる恨みとか、そんなものじゃありませんわ」

思いもよらないところから味方が出て来たものだ。――妙子はウェイターを呼んで、コーヒーをもう一杯頼んでおいて、

「でも、伯父って本当にいやな人でしたものね。殺したくなるのも分るわ」

と言った。

「凄《すご》いことを言うね」

「母も仲が悪かったんです。私もあんまり付き合いがなくて。ただ、真相が知りたかったんで、入社してみたんです」

「へえ。探偵さんか」

「そんなとこです。うんと地味にして、ひそかに真実を探ろうってわけで……」

「怖いね」

「平田さんは、小浜さんを良く知ってらっしゃるんでしょ?」

「そんなこともないんじゃないかな。つまり僕は人付き合いの悪い人間で、その意味じゃ小浜君は数少ない友だちの一人だけど、彼女のほうから見れば、僕はその他大勢の一人だったからね」

「でも、犯人は彼女だと思います?」

「いいや、思わないね」

と、私は即座に言った。

「どうして?」

「さあ……。直感だな。彼女の人柄からいって、考えられないよ」

妙子は微笑《ほほえ》みながら肯いた。

「きっと小浜さんって人も、平田さんにならなら何でも打ち明けるでしょうね」

「まさか。僕なんか頼りないので有名なんだからね。間違ってもそんなことはないと思うよ」

と私は言った。

「女の見る目は微妙なんですよ」

と妙子はゆっくりコーヒーをすすって、「頼れる人と、信じられる人っていうのは違うんですもの。もし――もし、ですよ、小浜一美さんが、平田さんの所へ、かくまってくれとやって来たら、警察へ突き出しますか？」

私はギョッとした。一瞬、この娘は何もかも知っているのかもしれないという思いが頭をかすめた。しかし、そんなはずはない！

「そうはしないだろうね」

と私は言った。

「やっぱり」

ほら、ごらんなさい、というように、妙子は肯いて見せた……。

レストランを出ると、いつの間に手配したのか、ハイヤーが待っている。

「送ります。どうぞ」

と、妙子は言った。

「僕のボロアパートに？」

「さあ乗って。一人も二人も料金は同じですもの」

半ば無理に押し込まれて、ハイヤーは静かに滑《すべ》り出した。

「——平田さんって独身ですってね」

と妙子が言い出した。

「一向にもてなくってね」

と私は言った。

「恋人は？」

「そんなものいないよ」

「じゃあ、いいわね」

「何が？」

「ねえ、悪いけど」

と、妙子は運転手へ声をかけた。「Bコースのほうにして」

「はい」

ハイヤーはカーブを切って、方向転換した。

「何だいBコースって？」

「Aコースは真直ぐあなたのアパートへ行って、そこであなたを降ろし、私の家まで行くっていうコースなの」

「Bコースは?」

妙子は、ちょっといたずらっぽく笑って、

「途中にホテルが入るの」

と言った。

嫉妬する電話

「いかが、ご感想は?」

ラブホテルの馬鹿でかいベッドに、若い娘と——それも極めてチャーミングな娘と裸で横たわっているという、今の自分を、私は信じられない気分だった。

「何かこう……妙な気分だよ」

妙子は声を上げて笑った。

「別に、これで責任を取れとか、そんなこと言わないから大丈夫よ」

「君はかなり慣れているのかい?」

「まあね。大学時代は大分遊んだから」

と妙子は言ってタバコに火を点けた。

不良っぽいしぐさが、不思議に自然で、少しもいやらしく見えないのが、私には驚きだった。

「別に何の下心もないのよ。安心して」

と、妙子は言った。「ただ興味ある男性を見付けると、寝てみたくなるの。でも、そう年中あるわけじゃないのよ」

「おたくで心配しないの？」

「母は平気。もう諦《あきら》めてんじゃない？　誰と寝たか、なんて訊《き》きもしないわ」

私は言葉もなかった。

「殺された山口って課長さん、あの小浜さんって人と何かあったのかしら」

「どうして？」

「もし彼女がやったとしたら、の話だけど。それに、山口さんのほうが、彼女の泊っていたホテルへ出向いて行ったんでしょう？」

「そうらしいね」

まさかその場に居合わせたとは言えない。そして真犯人は別の女だ、とも……。

「——あ、ニュースを見よう」

妙子は裸のままベッドから出ると、TVをつけた。

冷蔵庫の飲物を出して喉《のど》を潤《うるお》しているとニュースが始まった。そして——私の目はブラウン管に釘付《くぎづ》けになった。

〈切り裂きジャック、第三の犯行？〉

という文字が、目に飛び込んで来たのであった。

——被害者は二十五歳のOLで、少なくとも私の知る限りでは、小浜一美とは縁のなさそうな女性だった。

鋭い刃物で刺し殺され、腹を切られているが、手ぎわはあまり良くなくて、前の二件に比べると、かなり質の悪い刃物を使ったのではないかと警察は考えているようだった。

つまり、今回の騒ぎに刺激された、別の異常者の犯行という可能性もあることを、アナウンサーはほのめかして、ニュースを閉じている。

おそらくその通りだろう。一美がやっていないことはもちろんだが、あの女にしても、決して無差別に殺しているわけではない。

「怖いわね」

と、妙子は肩をすくめて、「あーあ、いつ殺されるか分らないんじゃ、思い切り、好きなことをしておかなきゃね」

と、TVを消すと、ベッドの上へ、軽やかに飛び上がって来た。

「悔《く》いのないように楽しまなくっちゃ」

と言いながら、私のほうへにじり寄る。

「おい、もう僕は――」

「今夜は泊ってもいいんでしょ?」

「しかしそれは――」

「アパートで誰かが待ってるの？」

「いいや、そんなことはないけど――」

「じゃ、いいじゃないの」

妙子は私の唇《くちびる》へと唇を押しつけて来た。私はただ圧倒されているばかりであった……。


「おはよう」

と、出社して席につくと、女子社員が、

「何だか顔のつやがいいですね」

と言った。

「そうかい？」

「凄《すご》く元気そう。サウナにでも入って来たんですか？」

まあ、あれも一種のサウナかもしれないな、と私は思った。

「おはようございます」

事務服に身を包んだ大場妙子が、大真面目な顔で挨拶する。

「どうも、ご苦労さん」

私も真顔で答えた。

今朝はホテルから出勤である。しかし、感心したのは、妙子がちゃんと別のワンピースを持っていて、今朝《けさ》も家から来たと見せるように、着替えていたことだ。ついでに私のためのネクタイまで用意しているのには感心を通り越して呆《あき》れてしまった。

今の若い娘は何を考えているのやら……。

しかし、大場妙子と一夜を過ごしたことで、何だか一日が違って見えるようになったことは確かである。

その日はいつになく仕事に張りが出て来て、入社以来初めて——というのも大げさかもしれないが、仕事に熱中したのである。

昼食時になると、私はいつも通り、外の食堂まで食べに出た。

食べながら、頭をかすめるのは、昨夜の妙子の記憶で、——およそ女性に免疫《めんえき》というもののない私は、正《まさ》にイチコロという感じであった。

「——平田さん」

と、店のウェイトレスが声を上げた。「平田さん。いらっしゃいますか！」

「僕だ」

と席を立つ。

「お電話です」

「どうも」

レジのカウンターで電話を取る。

「――平田です」

ちょっと間があって、

「もしもし、平田さん」

と、押し殺したような声がした。

小浜一美だ。私は脳天《のうてん》を思い切り殴られたような気がした。――あの妙子と楽しんでいる間、彼女は逃げ回り、人影に怯《おび》える時間を過ごしていたのだ。

「君……大丈夫？」

「何とかやってるわ」

と、彼女は言った。

「今……どこから？」

「渋谷。人混みを歩くようにしてるから」

「そうか。でも――」

「ゆうべ、帰らなかったのね」

私は言葉を失った。彼女は続けて、

「久しぶりに、会いたくなって、ゆうべあなたのアパートへ行ったの。でも留守で……。二、三時間待って、帰ったわ」

「あの──悪かったね。どうしても抜けられなくて」

「女の人と一緒だったの？」

と、一美は訊いた。怒っているとか、つっかかるようなといった口調ではない。

こういうとき、とっさに巧《うま》い言い逃れを思いつけるほど器用な私ではない。

「あ、あの……」

と言ったきり、言葉が出て来ないのである。

「いいのよ、隠さなくても」

という一美の声は、やさしく、笑みを含んでいた。

「すまないね。君のことを放っておいて、僕は……」

「そんなこと！　何もあなたが謝ることないわ」

「ああ……でも……」

私は気を取り直した。「ねえ、今夜、どこかで会おうじゃないか。心配なんだ。本当だよ」

「いいの。あなたにいつまでも甘えようとした私がいけないのよ。もう私のことは忘れてちょうだい」

「ねえ、小浜君──」

　電話は切れた。私はため息をつきながら、受話器を戻した。

　ゆうべ、彼女は、誰か慰めてくれる相手がほしくて、アパートまでやって来たのだろう。それなのに私はラブホテルのベッドの中だったのだ。

　一美はどうやって生活しているのだろう？　今から渋谷へ行って捜してみようか、と一瞬本気で考えた。

　しかし、あの町のどこを捜せばいいのか分らないのだ。行くだけむだなのは分り切っていた。——私は仕方なく席へ戻ろうとして、振り向いた。

　目の前に、大場妙子が立っていた。

「君……」

「小浜君って呼んだわね、今の電話」

　妙子は言った。「小浜一美さんのことでしょう？」

「聞いてたのか」

「あなたを捜してこの店へ入って来たのよ。そしたら目の前で電話してるでしょ。邪魔しちゃ悪いと思って……」

　聞かれてしまったものは今さら取り消せない。私は肩をすくめた。

「まあ、かけろよ」

——コーヒーを飲みながら、私は小浜一美をかくまおうとして、一美のほうから出て行ってしまったという事情を妙子に説明した。

もちろん、例の真犯人の女や、私自身の〈切り裂きジャック〉志向には触れていないのだが。

「どうする？」

話を終えて私は言った。「逃亡犯をかくまったというので、警察へ突き出すかい」

「やめてよ！」

妙子は憤然《ふんぜん》として、「私がそんな女だと思ってるの？」

とかみつきそうな声を出した。

「分った！　謝るよ」

私はあわてて言った。結局いつも謝っているのが私の役回りなのである。

「でも、私が寝ようと思っただけのことはあるわ」

と、妙子はご機嫌である。「頼りになる人ね」

この一件に関わるまで、そんな風に言われたことがないので、何だか皮肉のようにも取れた。

「でも、小浜さんは、どうやって生活してるのかしら？」

「それが分らないから、心配なんだがね……」

と私は呟《つぶや》くように言った。

「今夜もアパートへ来るかもしれないわ」

「まさか」

「分らないわよ。今夜は必ずいるはずだと思って……」

「しかし、来たところで、どうにもならないじゃないか」

「私、話を聞いてみたいわ」

「君が？　彼女は犯人じゃないんだよ」

「分ってるわ。しかし、だからこそ会ってみたいの。犯人がなぜ彼女の恨《うら》んでいるような相手ばかりを殺しているのか」

そこは確かに奇妙な点である。

あの電話の女は、なぜか小浜一美のことを知っているのだ。桜田を怒らせたことも、そしてあのホテルのことも。

その理由は分らない。それが分るときは犯人が明らかになるときであろう。

「いいでしょ？」

と、妙子が言い出す。

「え？　何が？」

「いやね、ちゃんと聞いて。今夜はあなたのアパートに上らせて。いいでしょ？」

だめだとも言えず、結局その日、妙子とは外で待ち合わせて、一緒にアパートへ向った。

果して本当に小浜一美が来るかどうか、私にはおよそ自信がなかったのだが……。

「――十一時半か」

と、妙子は言った。

「今夜は来ないよ」

「分らないわよ。私は若いから大丈夫。起きていられるもの。平田さん、寝たらいかが？」

「大丈夫だよ」

私にも意地というものがある。

電話が鳴った。私は急いで受話器を上げた。

「もしもし――」

「あ、平田さん……」

一美の声だった。「会いたいの。出て来られる？」

「今どこに？」

私はメモを取った。アパートから、せいぜい十分ほどの店だ。

「すぐに行くよ」

と私は言って電話を切った。

「——彼女？」

と妙子が訊く。

「うん。出かけて来るよ」

「最初は一人のほうがいいかもね。このアパートへ連れてらっしゃいよ」

大場妙子は調子良く言った。

「向うが来る気になれば、ね」

一美が電話をかけて来たので、ホッとしたような、それでいて、彼女の話を聞くのが怖いような、微妙な心持ちであった。

一美の言った店へ着いて捜したが、彼女の姿はなかった。

おかしいな、とは思ったが、ともかく待ってみることにして席に着く。——十五分、二十分と時間は過ぎて行くが、一美はやって来ない。

どうしたのだろう。何かあったのか、と気が気ではなかった。——三十分たって、私はアパートへ戻ってみることにした。もしかすると、彼女のほうが勘違いして、アパートへ行っているのかもしれないと思ったからである。

「——あら、どうしたの？」

ドアを開けて入って行くと、妙子が顔を向けた。

「いないんだよ、彼女」

「まあ……。でも、待ってると言ったんでしょう?」

「そうなんだけど、結局来ずじまいさ」

「そう。残念ね」

と妙子は言って、「それから……」

「何だい?」

「あのね、変な電話がかかって来たの」

「変な電話?」

「女の人。——私が出ると、『あなたは誰?』って怖い声で訊いたわ」

あの女だ、と思った。大体ここへ電話して来る女性といえば、一美か、それともあの女ぐらいしかいない。

「向うは名乗らなかった?」

「ええ。訊いたけど、言わなかった。私は平田さんのお友だちです、とだけ言ったんだけど。——心当りある?」

「さあ分らないね。——他にも何か言ってたかい?」

「何も。そのまま切れちゃった。でも何だか気味の悪い電話だった」

今度は一体何のつもりでかけて来たのだろう。——一美がいなかったことと、何か関係があるのだろうか？

私は不安な気持で、今は沈黙している電話を見ていた。

「今夜はもう来ないのかしら」

と妙子が言った。

「そうだな。おそらく来ないだろう。気が変ったか何かで……」

「じゃ、泊って行こうかな」

と妙子が言い出して、私はあわてて、

「こ、こんなボロアパートじゃ……」

「冗談よ。今夜は一応帰らないとね」

妙子は微笑《ほほえ》んで、「今すぐでなくてもいいんだけど……」

と付け加えた。

全く、この娘は何を考えているのだろう。私はため息をつきながら、結局、抱きついて来る妙子を拒《こば》まなかったのである……。

「シャワーだけ使わせて」

妙子の裸身《らしん》が浴室へ消えると、シャワーの音がした。

ちょうど電話が鳴り出して、私は、ためらいながら受話器を上げ、そっと耳に押し当てた。

「——聞いてるの？」

あの女だった。

「うん」

「可愛い恋人ができたようで、結構ね」

「君に関係ないだろう」

と私は言った。

「そう？」

「そうじゃないっていうのか」

「私はね、あなたのために人を殺して来たのよ」

「何だって？」

「桜田も、山口も……。ああ、昨日の事件は私じゃない。どこかの馬鹿が真似をしただけなのよ」

「待ってくれ！　僕のために殺したって、それはどういう意味だ」

「その通りの意味よ。あなたは桜田と山口を許せない、殺してやりたいと思ったんでしょう。だから私が代りに手を下してあげたんじゃないの」

「やめてくれ！　僕が頼んだわけじゃないぞ！」

「何を怒ってるの」

女の声は急に冷ややかになった。「あなただって切り裂きジャックに憧《あこが》れているくせに」

「僕は——」

「でも、あなたは私を裏切ったわね」

「裏切った？」

「女を作って。——女を憎んでいたはずのあなたが。裏切ったことを、後悔させてあげる」

「何だって？」

「可愛い彼女に気を付けるように言っとくのね」

「何をする気だ！　おい！——もしもし！」

電話は切れていた。

あの女は、妙子を殺す気なのだ。私は、震える手で、受話器を戻した……。

「——どうかしたの？」

浴室から出て来た妙子が、バスタオル一つの裸で、歩いて来る。

「いや……何でもないよ」

と私は言った。「もう帰るんだろう。送って行くよ」

「いいわよ。一人で帰れるわ」

と、妙子は笑った。

私は窓のほうへ行くと、カーテンをからげて外を見た。

「そうだな。大丈夫かもしれない。——霧が出てないから」

「え？　何て言ったの？」

「ただの独り言さ」

と、私は呟いた。

再び、霧の夜に

「――東京地方には濃霧注意報が出されています」

私はTVを消した。

何となく気の重い午後だった。

休みを取って、平日の午後、所在なく部屋で寝そべってTVを見る気分というのも、悪くはない。しかし……よりによって、こんな日に霧が出るのか。

霧が出れば、大場妙子の命は危い。あの女が、彼女の帰り道を待ち受けているかもしれないのだ。

私は苛立《いらだ》っていた。この重苦しい天候のせいだろうか。

もちろん、それだけではない。小浜一美がどこでどうしているのか、全く分らないこと、そしてあの謎の女が大場妙子を狙っていると分っていながら、それをどうすることもできないという腹立たしさ……。

私は押入れを開けると、奥から包みを取り出した。〈切り裂きジャック〉になるための総《すべ》てがまとめてある。

今夜は霧が出そうだ。あの女が妙子を殺しに来るというのなら、私も〈切り裂きジャック〉になって、妙子を護ってやる。

私はナイフを取り出して、銀色の刃に、自分の眼を映してみた。――そこにあるのは何だろう？　狂気か。それとも道化《どうけ》の眼か……。

電話が鳴って、私はギクリとした。一美かそれともあの女だろうか。

「平田です」

「あ、私よ」

妙子の、屈託《くったく》のない声が伝わって来て、少し気分が軽くなったようだ。

「どうしたの？　風邪でもひいた？」

「いや、ただ怠《なま》けてるだけさ」

「そうなの？　お見舞いにでも行こうかと思ったのに」

「いや、大丈夫だよ」

「あの人から電話は？」

「あの人？　ああ、小浜君か。いや、今のところないよ」

「会うことになったら、ぜひ知らせてね。お願いよ」

「ああ、分った」

私はそう言ってから、「今日は真直ぐ帰るのかい？」

と訊《き》いた。

「どこかで会う？」

「いや——やめたほうがいい。今夜は霧が出てるから」

「あ、そうか。ジャックが出て来るってわけね」

と声が笑っている。呑気《のんき》なものだ。刃物で体を切り裂かれるときになって、もう少し用心しておけば良かったと思っても遅いのである。

「じゃ、明日は出て来るのね？」

「そのつもりだよ」

「それじゃ、ゆっくり休んで」

私は苦笑しながら受話器を戻した。とたんにまた電話が鳴り出す。

「平田さん？」

「小浜君か！——心配してたよ」

「ごめんなさい、この間は」

と、一美は言った。

「どうしたんだい？」

「あの店へ入りかけたんだけど……中にいた二人連れが、刑事みたいに見えたの。たぶん気のせいだと思うけど……。それで、つい逃げちゃったのよ」

「そうか。いや、それぐらい用心したほうがいいよ」

「ありがとう。──今日はお休みなのね」

「会社へかけたの？」

「いいえ。だって声を知ってる人がいるもの。もしかしたらと思って、アパートのほうへ、ときどきかけるのよ」

「今……どうやって暮してるんだい？」

「色々と雑役をやって。毎日毎日仕事を変わるの。日給をもらって。その気になれば、何とかなるものよ」

一美の声は割合に明るくて、私は安心した。

「今日はレストランの皿洗いでね。今、休憩時間なの」

「会いに行けば、時間は取れる？」

「ええ、四時までの仕事だから、その後なら」

「場所を教えてくれよ」

「でも……いいの？　彼女と会わないの？」

「冷やかすなよ」

私は、一美の言う店の場所をメモした。

「四時までだね。今、二時過ぎか。──じゃ、少ししたら出るよ」

「会えれば嬉《うれ》しいわ」

「必ず行くよ」

私はそっと受話器を戻した。


早めに着いてしまって、そのレストランに入った私は、仕方なく、食べたくもないものを注文した。

「サンドイッチとコーヒー」

割合と広い店で、中途半端な時間なのに、ずいぶんにぎわっている。

私は入口に近い側の隅の席に座って、出入りする客の顔を、のんびりと眺めていた。

――よく、「気配を感じる」という言い方をするが、そのときの私が、ちょうどそれだった。

気配といっても、それはやはり、目に見えたり、耳に聞こえたりする、何か具体的なことがあるわけで、その場合には、店の支配人らしい男が、いやに急いだ足取りで、店を突っ切って、歩いて行くのに気付いたせいであった。

私の視線は、何となくその支配人を追って、店の入口のほうへ動いた。

――そこに三、四人の男たちが立っていて、その中の一つの顔に見憶《みおぼ》えがあった。

一美のことを調べに、社へ来ていた川上という刑事である。

川上と支配人が何やら低い声で話をしている。

私の席は入口に近いが、わきのほうなので、ちょうど死角に入っていて、川上刑事は一向に私には気付いてなかった。

「裏口……」

「客の迷惑……もちろん……」

といった言葉が、耳にやっと届いて来る。

誰かが一美に気付いて通報したのだ。私は手を固く握りしめた。

支配人が、刑事たちと一緒に店を出て行った。何とかしなくては。しかし――どうすればいいだろう?

考えもまとまらない内に、私は立ち上がっていた。店の中を、トイレに行くような顔で横切る。

幸い、調理場へ通じるドアは、衝立《ついたて》で隠れていた。ウェイターたちが忙しく出入りしている。

私は思い切ってそのドアを押した。

中にカウンターがあり、出来上がった料理が並べられる。私はカウンターに沿って進んで行った。

「七番、ハンバーグまだですか」

「十二番、セットのコーヒー！」

声が飛び交《か》う。何人もの人間が動き回っているが、誰も私を見ようとしない。

下げて来た食器が並んだカウンターがある。その向う側に、女性が五人並んで、ひっきりなしに積まれる皿を洗っていた。その一番端が一美だった。

私がその前で立ち止ると、一美は顔を上げて目を見張った。

私の表情で、一美はただごとでないと察したらしかった。手早く水で手についた洗剤の泡を落とすと、カウンターの端を回って出て来た。

「警察だ」

と私は低い声で言った。「裏から来るぞ」

「じゃ……」

「表から客のような顔で出るんだ。そのエプロンを外して」

一美がエプロンを外して床へ放り出す。私は、彼女を促《うなが》して歩き出した。

調理場を出ると、

「荷物がロッカーに」

と、一美は言った。

「仕方ない。戻る暇はないよ」

「そうね。お金の他には惜しいものはないわ」

「トイレから戻ったような顔をして！　普通に歩くんだ」

席へ戻ると、サンドイッチとコーヒーが来ていた。私は伝票をつかんで、「もったいないけど、仕方ないな」

と言った。

どうしてこんなに落ち着いていられるのか、自分でも不思議であった。

レジへ行って、金を払うと、私は一美の腕を取って、表に出た。

刑事らしい男が二人、立っていたが、私が一美を抱くようにして出て行くと、目もくれようとはしなかった。二人連れなどには注意も向けないのだ。

私は通りを歩きながら、タクシーを捜した。――少し霧が出ている。

空車が来た。手を上げて、目の前に停ったタクシーへ一美を先に乗せる。レストランのほうで、何か叫び声がした。

私はタクシーに乗り込んで、適当な行き先を告げた。タクシーが走り出す。

振り向くと、レストランから、男たちが数人、飛び出して来るのが、霧の中にかすんで見えた。

私も彼女も、今になって、汗がどっと吹き出して来た。

ふと見ると、彼女は、じっと目を閉じていた。体が震えている。

「――大丈夫かい？」

「ええ……」

不意に、一美が私の手を強く握りしめて来た。

ベッドの中で、一美は死んだように眠っている。

ぐっすりと眠ったことなどなかったのだろう。――私は、傍《そば》の椅子にかけて、一美を見ていた。

前に妙子と来たラブホテルの一室である。ここなら女性が顔を伏せて入ってもおかしくない。

もちろん、一美との間に何かあったわけではない。部屋へ入るなり、シャワーも浴びずに、疲れ切った様子で一美はベッドに横になり、そのまま、アッという間に眠り込んでしまったのである。

深い寝息をたてている一美を、私はじっと見つめていた。

何とかして、彼女の疑いを晴らしてやりたい。――だが、あの真犯人の女を捜す、どんな手掛かりがあるだろうか?

時計を見た。もうすぐ五時である。

妙子……。

あの女が妙子を殺しに来る。それを待ち伏せることができたら。

他に方法は？——ないことはない。それは私にも分っていた。

しかし、ともかくまずあの女を押えることが出来るかどうか。やってみるのだ。それに失敗したら、もう一つの手段を取るしかない。

急がなくては。妙子が会社を出てしまったら、もう見付けられまい。

私は、一美を残して、ホテルの部屋から出た。

——タクシーを捕まえ、会社の前まで急ぐ。五時には間に合わないが、幸い女性たちは、化粧直しの時間がかかるから、望みはあった。

五時十五分に、会社の前についた。

霧は、桜田が殺された夜ほどではなかったが、それでも大分濃くなって来ている。

妙子は、もう出てしまっただろうか？

私は、ビルの出入口から少し離れて、出て来るＯＬたちを一人一人目で追った。五分ほど待って、妙子の姿が見えた。

よし、ついてるぞ、と思った。

今日は真直ぐ帰るだろうか。——歩き出した妙子の後を、私はつけて行った。

どうやら、真直ぐ帰る気ではないらしい。妙子は、駅への道をそれて、繁華街へと足を向けていた。

人通りの多い場所にいる限りは、まず安全だろう。だが、逆に見失う可能性は増すわけである。
私は、少し妙子との間をつめた。
何の武器もない。しかし、あの女を放っておくわけにはいかないのだ。
霧が、少し濃くなって来るようだった。

霧の中の追跡

あんなにも待ちこがれた霧だったが、何もよりによって、こんなときに出なくたって良さそうなもんだ。

もっとも、霧のほうに言わせれば、いちいち人間の都合を考えて出ていられるか、ということになるだろう。

六時にはなっているかもしれない。しかし、ともかく妙子の姿を見失わないようにするので必死で、いちいち時間を確かめてはいられないのだ。

霧の中で、数人の人影が行き交うと、もう誰が誰やら分らなくなる。見当で追っていくと、それが妙子だと分ってホッとする。そのくり返しだった。

それにしても、妙子は一体どこへ行く気なのだろう?

家へ帰る道ではない。といって、帰りに買物して帰ろうという女性が通るにしては、デパートやショッピング街とは方向が違う。それでいて、どことなく見覚えがある――というより、何となく、知っているような気がする道なのだった。

ただ、霧が濃くなって来ているので、あたりの様子が良く分らないのである。

「少しゆっくり歩いてくれよ」

と私はグチを言った。

若いせいか、妙子の足取りはやけに早い。そして、迷うとか、立ち止るということが、まるでないのだから、追っているこちらとしては、くたびれるばかりだ。何しろ、もう若くないのだから……。

山口を尾行《びこう》したときはまだ楽だった。何といっても向うはこっちより年上だったのだから。

「――待てよ」

と私は呟《つぶや》いた。

そうか！――来たことのある道だと思ったのだ。

小浜一美が最初身を隠していたビジネスホテル。山口課長が殺された、あのホテルへの道なのである。

そのつもりで気を付けて見ると、確かに、あのホテルまで、もう少しの道と分った。

妙子はあのホテルへ行くつもりなのだ。しかし何の用だろう？

妙子を尾行している目的は、まず妙子を、あの見知らぬ殺人者の手から守ることにあったのだが、こうなると興味も湧いて来る。

何といっても、殺された桜田の姪《めい》だとはいえ、それ以上のことは何も分らないのだ。

まあ――一つベッドで寝ているのだから、何も分らないとも言えないが、しかし、何のつもりで彼女が私の如《ごと》く、パッとしない男に身を任せたのか、その辺の疑問は、もてない男として、当然心の中に残っているのである。妙子は至って気持の良い女性ではあるが、何かを探ろうとして、私に近付いただけなのかもしれない。

現にこうして、殺人現場となったビジネスホテルへと向っているではないか。

ふと気が付くと、目の前から、妙子の姿がかき消すようになくなっていた。私は青くなって足を早めた。――しかし、見えなくなったのは当然で、そこはもう、あのホテルだった。

フロントに、妙子が立って、ベルを鳴らしている。私は、山口課長の後をつけて来たときのことを思い出して、何となく落ち着かなかった。

出て来たのは、五十歳ぐらいの苦虫をかみ潰したような顔の男だった。――そうだ、この前、山口が鳴らしたベルに応えて出て来た老人は、殺されたのだった。

「何か用かね」

と、その男はぶっきら棒に言った。

「ここはホテルでしょ」

と妙子が言うのが聞こえる。

「そう書いてあるだろうが」

「だから泊りに来たのよ。そんな態度じゃ、『泊らないでくれ』って言ってるのも同じだわ」

と妙子も負けていない。

「ふーん。ここに泊るのかい？」

「そうよ」

「人殺しがあったんだよ、ここで。それを知ってるのかね？」

「知ってるわ」

「それでもいいのか」

「ねえ、おっさん」

「お、おっさん？」

と目を丸くする。

「このホテルは客をいちいちテストしてからでないと泊めないことになってるの？」

「そうじゃねえけど……」

男は肩をすくめて、「何しろ、事件以来、泊りに来る奴《やつ》なんぞありゃしねえ。全く、切り裂きジャックだか何だか知らねえが、受付の爺さんまで殺して、ついでに俺も首をくりゃ一人ふえらあ」

「それはお気の毒ね。でも、別にそうがっかりしなくたっていいんじゃない？」

「人のことだと思って――」

「少し頭を働かせなさいよ。ここで殺人があったからって、永久に客が来ないなんてことはないわ。都会の人間がどんなに物見高いか知ってるでしょ？　逆に宣伝に利用するのよ。ホテルの名を〈切り裂きジャック・ホテル〉か何かにして、殺人のあった部屋は、客に見物させるの。物好きが絶対にやって来るに決ってるわ」

私は聞いて吹き出しそうになった。なるほど、妙子の考えることはユニークだが、事実かもしれない。

フロントの男が、すっかり呑《の》まれた格好で、

「そうかね……。まあ……ともかく、これに記入して」

と、宿泊カードを出す。

「二人部屋よ」

「二人？　連れは？」

妙子は入口のほうへ目をやって、

「表に立ってる人」

と言った。「――ねえ、入ってらっしゃいよ！」

気が付いていたのか！　私は、仕方なく歩いて行った。

「──さ、これでいいわね」

と、妙子はカードをフロントの男のほうへ押しやって、「それから部屋だけど──」

「どこでも空《あ》いてるよ。一番いい部屋を提供してあげよう」

男も妙子の影響を受けたのか、大分元気そうな声になった。

「いいえ。三〇四号にして」

「三〇四──」

男は絶句した。「しかし、それは、殺人のあった部屋だよ！」

「だから泊りたいのよ」

妙子は私を見てちょっと微笑《ほほえ》むと、「スリルがあって楽しいわ」

と言った。男は呆《あき》れ顔で、

「勝手にしてくれ！」

と〈三〇四〉のキーを放り投げた。

「──おい、何のつもりなんだい？」

と、私はエレベーターに乗り込むと言った。

「あなたこそ。誰かに尾《つ》けられてると気付いたときは気持悪かったわよ」

「これにはちょっとわけがあって──」

「でも、それじゃ平田さんは探偵にはなれないわね。すぐに分っちゃったもの」

私は苦笑した。——切り裂きジャックを志す者が、探偵の真似事をしているのだ。我ながら、皮肉な話だと思った。

「君はどうしてここへ来たんだい?」

と私は訊《き》いた。

「一度、現場を見ておきたかったのよ」

エレベーターを降りて、三〇四号室へ向う。

「——本当に泊るつもりなのか?」

「あら、怖いの?」

「そうじゃない。しかし明日は会社へ行かなきゃならないんだよ。ここから出勤ってわけにはいかない」

「じゃ、調査が終ったら、あなたのアパートへ行こうかしら」

と妙子は言いながら、鍵を開けた。

三〇四号室は、もちろん、他の部屋と変りなく、きれいに掃除され、片付けられていた。しかし、ここに立つと、あのときの記憶がよみがえって来て、私は、どうしても足がすくむのを感じた。

空気は何だか冷ややかで、血の匂《にお》いが、消し難く漂っているような気さえした……。

妙子は平気なもので、さっさとシャワールームのドアを開けると、中へ入って、

「――ここに死体があったのね」

と言った。

「そう。シャワーのちょうど下にね。血が排水口のほうへ流れていて――」

私はあわてて口をつぐんだ。

妙子が、不思議そうな顔を覗《のぞ》かせて、

「その目で見たようなこと言うわね」

「そりゃ――TVや新聞でね」

私はごまかして、「もう血の痕《あと》なんか残ってないだろ？」

と、話をそらす。

「きれいなものよ。――つまんないの」

ちょっと子供じみた言い方に、私はつい笑い出しそうになった。全く、呑気《のんき》な娘だ。

そうだ。私は小浜一美をラブホテルに置きっ放しにして来ている。戻ってやらなくてはならない。

その前に、妙子を家へ送り届ける。なにしろあの女が、妙子を狙っているのだ。

しかし、妙子が素直に帰るというかどうか、それが心配だった。

「ねえ、山口さんて、ナイフを持っていたんでしょう？」

「ああ、そうらしいね」

「でも、手にもしていなかった……。なぜかしら？　襲われかけて、ここへ逃げて来たとしても……。大の男が何の抵抗もしないで殺されるなんて」

そう言われてみれば、確かにその通りである。山口は確かに、逞《たくま》しいというタイプではない。しかし、何といっても相手は女だ。

しかも相手が小浜一美だと思って部屋へ入り、全然違う女がいればおかしいと疑うのではないか。

だが、実際に、山口は抵抗する間もなく、殺されてしまった……。

「なぜだろう？」

と私は言った。

妙子は肩をすくめて、

「私に分るわけないでしょう」

と、シャワールームの中を、本職の探偵よろしく眺め回している。

「大体、なぜこんなシャワールームへ入ったのかしら？　逃げるなら、廊下のドアのほうへ行くのが普通じゃない？」

「まあ、そんなときは夢中だろうからね」

「それにしても、服のままで、シャワーの下へ来て殺されるなんて……」

私は口を出さずに、妙子が推理をめぐらすのを眺めていた。——山口は、相手が親しい女だったから、油断していたのかもしれない。そう考えれば、ナイフを持っていながら、何の抵抗もせずに殺されたのも理解できる。

「君はずっとここにいるつもり？」

と私は部屋のほうから声をかけた。

「そうよ。泊らないの？」

冗談じゃない！　こちらは人殺しのあった部屋で泊れるほど図太くはないのだ。

それに、小浜一美を待たせたままである。

「僕はいやだよ」

「そう。じゃどうぞお先に。私、一人でここに泊る」

「やめといたほうがいいんじゃないのか。家まで送るから」

大体、妙子をあの謎の女から守るために来たのだ。ここで彼女を一人放って帰るわけにいかない。

「私なら大丈夫よ。何を心配してるの？」

私は何とも返事ができなかった。あの女から、妙子を殺してやるという電話があったなどと言えない。

「いや……やっぱりこの部屋は縁起も悪いし――」

「やめてよ、子供じゃあるまいし」

と、妙子は笑い飛ばした。

仕方ない、一旦《いったん》、一美のいるホテルへ戻って、それからまたここへ来る他あるまい。

幸い、まだ時間は早い。殺人鬼《き》が登場するには、まだ多少余裕があるだろう。

「じゃ、用心してね」

と、私は彼女へ念を押して、三〇四号室を後にした。

消えた女たち

「──平田さん！」

ドアを開けて、中へ入ると、小浜一美がベッドから笑《え》みを投げた。

「やあ、もう起きたの」

私はベッドのほうへ歩み寄った。

「今、ドアの開く音で目が覚めたの。──こんなによく寝たの、久しぶりよ」

一美は、晴れ晴れとした顔で起き上がって時計を見た。「まあ、こんなに眠ったのね、私！」

「朝まで寝てていいんだよ」

と私は言った。

一美は、ふっと真顔になって、

「──あなたにとんでもないことをさせてしまったわ」

と重い口調で言った。

「君が気にすることはないよ」

「いいえ！」

一美は首を振った。「あなたを巻き込んでしまうなんて……。私は恩知らずね」

「僕はこれぐらいのことしかできないんだからね」

私は頭をかいた。実際、大したことはやっていないのだ。

「さあ、寝る？　それとも何か食べるかい」

と、私は少し元気をつけるように言った。

「ともかくシャワーを浴びて来る」

一美がベッドから出た。「服のままで寝ちまったから、しわくちゃだわ」

「ゆっくりお湯につかるといい。僕は外に出ていようか」

「いいわよ。こういうホテルだもの。きっとバスルームは大きいんじゃない？」

私はソファに座って、一美がバスルームの中へ入るのを見ていた。

これからどうしようか？——一美は大分元気を取り戻している。一人にしておいてもまず大丈夫そうだ。

私の懐《ふところ》は、あまり豊かなほうではないが、ここのホテル代くらいは何とかなりそうだった。

ともかく、ここが安心となれば、また妙子の所へ戻りたい。何といっても、差し迫って危険があるのは妙子のほうなのだから。

二十分ほどして、一美が何とも派手な赤のローブをはおって出て来た。

「ああ気持いい！　さっぱりしたわ、本当に！」

とバスタオルで髪を拭《ぬぐ》っている。

「何か食べる物を取っておこうか」

「ええ。――すみません。何から何まで平田さんにおぶさって」

「いや別に……。ねえ、小浜君」

「何ですか？」

「僕はちょっとその――人を待たせていてね。いや、必ずここへ戻って来るからね……」

「まあ、彼女を置き去りにして来てんですか？」

「いや、別に彼女っていうわけじゃないんだけど――」

「隠すことないじゃありませんか」

一美は楽しげに言った。「私のことはどうぞご心配なく。彼女の所へ行ってあげて下さい」

「すまないね。――できるだけ早く戻るようにするから」

私は冷汗を拭きながら、早々にラブホテルを出た。フロントが不思議そうに見送っていた。

それはそうだろう。ラブホテルに来て、出たり入ったりする客というのも珍しいに違いない。

外は霧で、相変らず風がないせいか、一向に薄《うす》れて行く気配はない。

タクシーを飛ばして、とも思ったが、却ってこの霧では遅くなりそうだと判断して電車を使うことにした。

大場妙子のいるビジネスホテルは、相変らずフロントも人の姿はなく、客が他にあるのかしらと思うほど静かだった。

三〇四号、三〇四号……。

二基あるエレベーターの一つが、一階で停っていた。もう一基は〈3〉に明りが点《つ》いている。

上りボタンを押し、エレベーターへ乗ろうとすると、ちょうどもう一基が三階から降り始めるのが分った。

三階。――廊下は人っ子一人いない。

三〇四号室のドアを軽く叩くと、

「おい、大場君。――僕だ。平田だよ」

と声をかける。

返事はなかった。もう一度、ドアをノックした。

「大場君！――いないのか？」

いないよ、と返事があるはずもなかったが、何度か呼んでみた。ドアは鍵がかかっている。

どこかへ出かけたのだろうか？――まあここへ泊るにしても、食事ぐらいには当然出かけるだろう。

しかし、一度殺人があった部屋で、しかも妙子を狙っている女がいるのだ。やはり不安はつのった。

フロントへ降りて行って、ベルを鳴らしてみた。

「――何だ。あんたかね」

さっきの男が出て来たのを見て、私は何となくホッとした。

「三〇四号の女性、出かけたかい？」

「さあね」

と男は肩をすくめて、「鍵を置いちゃ行かなかったよ、少なくとも」

と言った。

「持ったまま出て行ったのかな」

「そこまでは分らないね」

と、至って無愛想である。

「ねえ、ちょっとあそこを開けてみてくれないか」

「そんなことやだよ」

と男は手を振って、「またもめ事はごめんだ」

「もめ事？」

「あんたが女に追ん出されたって、俺の知ったことじゃねえ」

男は少し酔っているようだった。

「よし、分った！」

私は少し強く出ることにした。

「じゃ、警察へ電話する」

「警察？」

男が目を丸くした。

「ホテルの管理責任者が酒を飲んで酔っ払ってたってのは、どう考えたって、表彰されることじゃないぞ」

と、言い捨てておいて、フロントのカウンターにのせてある電話機のほうへ歩いて行き、受話器を上げる。

「分ったよ！」

男はあわてて、「やめてくれ！——今、マスターキーを持って来るから」

と奥へ入って行く。

よほど警察という言葉が、こたえたらしい。

鍵の束《たば》を手に出て来ると、

「何があっても、俺の責任じゃないよ」

と、くり返し呟きながら、先に立ってエレベーターのほうへ向った。

三〇四号室の前へ来ると、男はもう一度ドアをノックした。返事がないと分ると、ちょっとため息をついて、ドアの鍵穴に、マスターキーの一本をさし込んだ。

ドアを開ける。

中は明りが点いていた。――すぐベッドの上に目をやって、一瞬ギョッとした。

別に死体が横たわっていたわけではない。――服が、脱ぎ捨ててあったのだ。

確かに、妙子の服である。

丁寧にたたむとか、そんなことは一切しないで、下着まで全部、遠くから放り投げでもしたかのように、ベッドの上に散っていたのだ。

「お風呂じゃないのかね」

とフロントの男が言った。

「いや……。音が全然してないじゃないか。それに我々が入って来たのは聞こえているはずだ」

「じゃ、一体――」

「待って」

私はシャワールームのドアへ、そっと手をのばした。山口の死体があった所である。その記憶が、手を、ともすれば引っ込ませようとする。しかし、まさか、いくら殺人鬼でも、二人の男を殺しはすまい。

思い切ってドアを開ける。――切り裂かれた妙子の死体は、なかった。

だが、誰かがシャワーを使ったことは明らかだった。防水パンは水で濡《ぬ》れ、シャワーのノズルからは、細く水が垂《た》れていた。

「シャワーを使ったんですな」

と、フロントの男も覗《のぞ》き込んで、言った。

「それから？」

と私は言った。「どこへ行ったんだ？　服を全部置いて、裸で散歩に出たとでも？」

「いや……そりゃまあ、おかしい……ですな、全く」

私は部屋の中を調べた。

しかし、何しろ狭い部屋である。調べるといっても、五分もあれば充分だ。

そして――結局、妙子の姿はなかった。

どこへ行ったのだろう？　服を残して、なぜ姿を消したのか。――それとも「消された」のか。

部屋のキーは、部屋のテーブルの上に、投げ出してあった。

「どうしたもんでしょう?」

ただでさえ、商売が上がったりなのに、この上、客が行方不明になったとあっては、このホテルは潰《つぶ》れてしまうかもしれない。

フロントの男の表情は、正に真剣であった。

「分らないな。ともかく、どこにも手を触れないようにして、鍵をかけておくのがいいと思う」

「は、はい」

と至って素直にドアを閉める。

「――彼女が家へ帰ったのかどうか、確かめるから、その結果で決めることにしようか」

と、私は言った。

「そうしていただけるとまことに――」

と急に低姿勢になる。

私は、苦笑いした。その変り身があまり素早かったからである。

フロントの電話から妙子の自宅へと電話を入れた。

「大場でございます」

と、母親らしい声。

「会社の者で、平田と申しますが、妙子さんはお帰りになっていらっしゃいますか?」

「まあ、どうも、妙子がお世話になりまして――」

と母親が呑気《のんき》に挨拶を始める。

やっとそれが終ると、

「――今夜は、妙子、まだ戻らないようでございますが」

「遅くなる、という電話などは、ありましたか?」

「特に何もございません」

「そうですか」

「でも、妙子はよく外泊して参りますので、別に心配はないと思います」

なかなかユニークな母親である。さすが、妙子の母親だけのことはある、と妙なところに感心しつつ、電話を切った。

「ど、どうしましょう?」

フロントの男は、いよいよ顔が青くなって来た。

「――やっぱり警察へ知らせたほうがいいと思うね」

と私は言った。

相手はガックリ来た様子で、渋々《しぶしぶ》受話器を取り上げた。

警察の調べが終って、やっと解放されたのは、もう夜中の三時だった。

警察の調査でも、何一つ目新しいことは分らなかった。妙子の服には、血痕《けっこん》などは一つもなく、また乱暴にむしり取られたわけでもなさそうだ。

一体、妙子はどこへ消えてしまったのだろう？

警察署を出ると、もう霧はほとんど晴れかかっていた。

もうすぐ夜が白々《しらじら》と明けて来るだろう。――私は、一美のことを思い出した。

「行ってやらなくちゃ」

と呟いて頭を強く振り、眠気をさますと、今度こそタクシーを拾った。

こんな時間では仕方ない。その代り、道路は空いていて、思ったよりずっと早く、ホテルの前に着いた。

「彼女を待たしてんですか？」

タクシーの運転手が、金を受け取りながら、ニヤニヤ笑って、言った。

そんな呑気な話じゃないよ、と私は苦笑した。

こっちのフロントの男は、私がまた入って来たので、目を丸くした。

二つのホテルに、女を二人置いて、交互に愛し合っているのだとでも思ったのかもしれない。

「すまないけど——」

と言いかけると、

「部屋へお電話をいたしますか？」

「頼むよ」

「お待ち下さい」

——しばらく鳴らしたが、一美は出なかった。

「お寝《やす》みかもしれませんね」

そうかもしれない。

しかし、私は気になった。——少なくとも一美は逃亡中なのだ。いくら安心して寝んでいるとはいえ、電話のベルにも目を覚まさないなどということがあり得るだろうか？

「すまないけどね」

「何か？」

「ちょっと鍵を開けてくれるか？」

こちらのフロントは、金次第だった。五千円の出費は痛かったが、仕方ない。

——鍵を開けて、

「どうぞ」

と言ったきり、フロントの係の男は、さっさと行ってしまう。

なるほど。後は何があろうと関知しない、というわけか。なかなか頭がいい。

私は中へ入った。明りのスイッチを探り、バチッとつける。——室内が明るくなった。

私は、しばらく、ポカンと突っ立っていた……。

そこには、もちろん一美の死体はなかった。大きな血だまりも、床《ゆか》に突き立ったナイフもなかった。

ただ、ベッドの上に——あのビジネスホテルのベッドとは比べものにならない、大きな派手なベッドだが——服が脱ぎ捨ててあったのだ。

それは紛《まぎ》れもなく、小浜一美の服に違いなかった。

やっと少し落ち着いて、私はベッドへ歩み寄った。——服、下着。投げ捨てるように放り出されている様子は、あの、大場妙子が姿を消したのと、そっくりそのままであった。

「どうなってるんだ！」

私は呟いた。それから、浴室やタンスなどを片っ端から調べ回った。しかし、一美の姿はどこにもない。

——大場妙子、小浜一美。

二人とも、どこかへ消えてしまったのだ……。

尋　問

「平田さん、警察の方が受付に……」

受付の女の子がやって来て言ったとき、正直ホッとした。

仕事がまるで手につかなかったのである。

「どうせ来るなら、もっと早く来い」

とブツブツ言いながら、受付へ行く。

「度々どうも」

立っていたのは、松尾という、若い刑事一人だった。

いやな予感がした。いつもなら、川上という、穏やかな、年輩の刑事と一緒なのだが、この若い刑事、やたらと人をおどしつけようとするくせがある。

TVの暴力刑事に憧《あこが》れているのかもしれない。

「今日は一人で来たんですよ」

こっちの心を読んでいるように、松尾は、ニヤリと笑ってそう言った。

「何のお話ですか」

「ちょっと署まで同行願いたいんです」

「しかし──」

「いやなら、無理にとは言いません」

と松尾は、じっとこっちをにらみながら言った。「ただ、事情聴取に応じないというのは、何か理由があるからだと思われても仕方ありませんね」

これが「任意」なのか、と私は苦笑した。

「行きますよ」

と私は肩をすくめて言った。

公用にて早退という届を出し、会社を出る。

「これは逮捕じゃないんでしょうね」

車へ乗りながら、私は、ちょっと冗談のつもりで言った。

「残念ながら、ね」

松尾刑事の答えには、どこかハッとさせるものがあった。顔を見ると、どことなく、険悪なものを感じさせる目が、じっとこっちを見つめている。

私は、ふっと寒気がして、あわてて目をそらした……。

暗闇《くらやみ》の中から、真っ白な光が突然目を覆った。

「やめてくれ！」

私が叫んだ。

「やめてほしきゃ、素直に吐《は》け！」

松尾刑事の罵声が、耳もとで爆発した。その声が、まるで実体のあるもののように頭へ食い入って来て、私は、机の上に顔を伏せ、両手で耳を押えた。

とたんに髪の毛をつかまれ、ぐいと引っ張り上げられる。痛さに涙が出た。

——もう何時間、こうして、責め立てられているのだろう。

全身が汗で水を浴びたようになり、頭も重く鉛のようで、何か言おうにも、舌がもつれて、言葉にならない。

「水を……くれ」

と、言った。

もう何十回、そう言っただろう。口の中は一滴《てき》の唾液《だえき》も残っていないと思えるくらい、カラカラに乾いていた。

「水が欲しいのか？」

「ああ……」

「しゃべれば、いくらでも飲ませてやるさ」

松尾が笑った。

ともかく、向うの話はこうだった。

あのレストランで、小浜一美を間一髪で取り逃したとき、私らしい客を、刑事の一人が見ていた。

もちろん、それは本当に私だったのだが、それを認めろというのだ。

「小浜一美を逃がしたな！　白状しろ！」

というわけだ。

しかし、こうして、認めろと責め立てるのは、はっきりした証言が得られていないということである。私にもそれくらいのことは分った。

見た刑事も、それが私だったと証言はできないのだろう。だから、松尾はやっきになって、私を責めているのだ。

そして昨夜、大場妙子が行方不明になり、そこに私が居合わせた。大場妙子は桜田の姪《めい》である。

この事実が松尾の耳に入った。それで、こんな強引な方法に踏み切ったのに違いないのだ。

「どうだ！　小浜一美はどこにいる！」

「知りませんよ……」

「貴様がかくまってる！　ちゃんと分ってるんだ！」

分ってるなら、訊《き》かなきゃいいのだ。要するに向うは当てずっぽで言っている。こっちは「知らない」で通す他はない。

「貴様も共犯だ！　死刑だぞ！」

とまで言い出した。

私はもう答えなかった。――答える元気もなかったのである。

「この野郎！」

突き飛ばされて、私は椅子ごと床《ゆか》に転がった。目が回った。

松尾は苛立っていた。

パッとしない、何となくおずおずとした私を見て、おそらく、ちょっといじめれば思い通りになると思っていたのに違いない。それはまるで計算違いというものだ。

私のように、いつも、うだつの上がらない、万年平社員をつとめているような男は、いじめられたり、我慢することに慣れているのである。

むしろ、エリートコースを一直線に来て、出世したような男は、自分が大事にされないということ自体に堪《た》えられない。

その辺を分っていないのは、松尾がやはり若いせいだろう。

「この野郎――俺をなめる気か！」

胸ぐらをつかまれて、引きずるように立たされ、

「いくらでも留置場へぶち込めるんだぞ！　素直に吐け！」

私はめまいがして、立っていられなかった。松尾が手を放すと、よろけて机にぶつかり、そのまま床へ倒れ込んだ。

額を、したたかに打った。――目から火花が出るというのはこのことだろう。

おかげで、却《かえ》って、頭のほうははっきりした。相手は焦《あせ》っている。こっちがカッとしては思う壺《つぼ》だ。

「おい立て！」

と怒鳴り声がした。

私はよろけつつ立ち上がった。

「川上って……人はどこだ？」

私が、もつれた舌で言うと、松尾は低く笑った。

「残念ながら出張中だ。さあ、座れ、もう一度やるぞ」

そうか。だから、一人で頑張っているのだ。

逆に、川上という刑事が帰るまでに、決着をつけておかなくては、立場がまずくなるのだろう。だから必死なのだ。

「――今夜は眠らせんぞ。覚悟しとけよ」

松尾は、強烈な光を私の顔へ浴びせながら言った。

もう何も見えない。

白い光が、視界を覆いつくして、まるで頭の中まで真っ白になったようだった。

「小浜一美と寝たんだろう」

松尾は、さっきからそれをくり返していて、

「いいや」

私が首を振る。

「いい女だったか」

私は黙って首を振る。

「もう一度訊くぞ。小浜一美と寝たな?」

その内、ついうっかりと肯《うなず》こうものなら、たちまち、「関係を認めた」という調書ができ上がるだろう。

「──寝なかったんだな?」

と松尾が言った。

いいや、と言いそうになってハッとした。

「ああ、寝なかったよ」

松尾が歯ぎしりした。こんな風に引っかけようとするのだ。

「──よし」

松尾は立ち上がった。「何日でも起きてるがいいさ」

「何日でも……」

「認めるまで寝かせないぞ」

私の内に激しい怒りが湧き上がって来た。――殺してやる。必ず殺してやるぞ。

「――何だ。その目は」

松尾が私の首をぐいとつかんだ。私はむせ返った。

「俺を馬鹿にするとどうなるか憶《おぼ》えとけ！」

そのまま、ぐいと突き飛ばされ、私は床へ投げ出される。

殺してやる！　私は起き上がろうともがいた。

ドアが開いた。

「――何をしてる」

聞いたことのある声だった。

沈黙があった。

「何の真似だ！」

「川上さん……」

川上刑事だ。

「いつからこんなことがやれるほど偉くなった？」

「ですが、こいつ、もう少しで——」

「出て行け」

と川上は言った。

「間違いないんです！　この野郎は、あの女と出来てたんですよ！」

「出て行け」

冷ややかな声だった。——松尾が足早に出て行った。

「平田さん。——大丈夫ですか？」

という声が近付いて来る。

「ええ、大丈夫です」

と答えて、立ち上がった——つもりだった。

よろけて、私はそのまま気を失ったらしかった。

復讐の刃

「──お詫《わ》びのしようもありません」

川上刑事が頭を下げた。

私は黙って、出されたお茶を飲み干した。──もう十杯目ぐらいだった。

「今、何時ですか？」

と私は訊《き》いた。

「朝の五時です」

「五時……」

私は大きく息を吐き出した。

「松尾のことは私の責任です」

川上はもう一度頭を下げた。

「もういいですよ」

と私は言った。

「しかし──」

「若い内は、誰しも暴走しがちなもんですからね」

「そうおっしゃられると辛《つら》いです」

「別に訴えるとか、そんな気はありません」

「ありがとうございます」

川上は頭を下げた。——珍しく、良心的な刑事である。普通、仲間同士では、かばい合うものだろうが。

「ただ、二つお願いがあるんですが」

と私が言った。

「何でしょう？」

「会社を今日休むのに、公用という証明が欲しいんです」

「分りました」

「それから——」

「何です？」

「後で、うな丼《どん》を一杯、おごって下さい」

と私は言った。

「——何人前でもどうぞ」

赤坂の、有名なうなぎ専門店で、私は満腹になってフウッと息をついた。

「いや、もう結構です」

――座敷は、静かで、およそ都会の真ん中の、それも昼どきとは思えなかった。

「それにしても、あなたの精神力は大したものですね」

と、川上が言った。

「いじめられつけてるんですよ」

と私は言った。

「――大場妙子さんというのは、桜田さんの姪とか。ご存知でしたか」

「ええ。彼女、自分からそう言いました」

「なぜ、あなたの会社へ入社したんでしょう？」

「事件のことを調べてみたかったようです。若い娘は無鉄砲ですから」

「全くですね。それを手伝っておられたんですか」

「手伝わされていた、というべきですかね」

「頼られていた？」

「妙ですよ。このとしになるまで、女の子に頼られたことなどなかったのに」

と私は苦笑した。「――松尾さんも、私と小浜君のことばかり訊いていたけど、私と大場君のことも訊けば良かったのに」

「ほう。すると――」

「彼女のほうからね。本当ですよ」

「信じますとも。――しかし、行方不明になった事情は奇妙ですね」

「ええ」

もちろん、小浜一美が行方不明になったことは、誰も知らない。二人の女が、時を同じくして行方不明になった。それこそが、奇妙である。

「何かお考えはありませんか」

と川上が訊く。

「それはそちらの領分でしょう」

と私は言った。

「全くですな」

川上は笑った。


アパートへ帰ったのは、午後の二時過ぎだった。

それからぶっ通して眠り、目が覚めたのは、夜中の一時だった。

風呂へ入り、上がると、やっといつもの頭脳に戻ったようだ。

体を拭《ふ》いていると、電話が鳴った。

「――平田です」

「もしもし」

あの女だった。

「君か……」

「警察にいたの？」

「ひどい目に遭《あ》った」

「そのようね」

女は笑いを含んだ声で言った。

「なぜ知ってる？」

「いいじゃないの、なぜでも」

「君は――」

私は言いかけて、言葉を切り、「何の用だ？」

と訊いた。

「松尾っていう刑事。許せないわね」

「おい待て！　それは僕の問題だ」

「あなた、やるつもり？」

「悪いか？」

「いいえ。ちっとも」

女は人を小馬鹿にしたように、「出来るかしら?」

と付け加えた。

「やる。必ずやる」

「怖いのね。——じゃ、そちらへ任せるわ。頑張って」

「ご親切にどうも」

「表はまた霧よ。——でも長くはもたないでしょ。やるなら今夜しかないわ」

「そうか。しかし、準備が必要だ。相手の居場所をつかまなくちゃ」

「今、松尾刑事はスナックで酔っ払ってるわよ」

「何だって?」

「私、その近くからかけてるの」

「じゃ……松尾をつけてるのか」

「そう。もしかしたら、あなたが自分でやると言い出すかもしれないと思ってね。

——それで電話したの」

「ありがたい。場所を教えてくれ」

女の説明を、私は頭へ叩き込んだ。

「——分った」

「まだ彼はそこにいるわ。たぶん、しばらく動かないでしょう」

「礼を言うよ」

「どういたしまして」

女はフフ、と軽く笑って、電話を切った。

あの女は何者なのか？

なぜ、一美のこと、妙子のこと、山口のこと、そして松尾のことまで知っているのだろう。気にはなったが、今は余裕がない。

私は、下着を替え、それから服を一揃《そろ》い、出して並べた。

一つずつ身につけて、それから黒のコートをはおる。帽子、靴。

そしてナイフ。

今日こそは、〈切り裂きジャック〉がよみがえる夜だ。

私は、すっかり用意を整えて、鏡の前に立った。

そこにはもう〈平田正也〉はいなかった。十九世紀のロンドンから抜け出した男が立っている。

殺人鬼《き》、切り裂きジャック。

私は、そっと微笑《ほほえ》んだ。——あの松尾という刑事が、腹を切り裂かれたとき、どんな顔になるだろう、と思うと、一刻も早く出かけたかった。

「さて」

私は鏡の中のジャックへ、挨拶した。「行って来るよ」

外は霧。風が少し流れて、コート姿の私を霧が巻いて行く。

私は、いつにない力強い足取りで、夜の道を歩き出した。

スナックから、松尾が出て来た。

不機嫌な様子である。大方、川上刑事に叱られたのだろう。

「畜生！」

八つ当り気味に小石をけっとばす。

松尾が歩き出した。私もその後を尾《つ》けて行った。

刑事が尾行《びこう》されるのでは、ちょっとみっともない話である。

どこへ行く？　さあ、どこでもいいぞ。

死に場所ぐらい、選ばせてやる。

どうやら、松尾は、あまりアルコールに強くないとみえる。

途中で気分が悪くなったのか、わきへそれて、どこかの家の塀《へい》の陰《かげ》で吐いているらしかった。

もう少しすれば、気分の悪いのも、治してやるのに。このメスで。

私は左右へ目を走らせた。——あの女は、どこかから見ているのだろうか。

見ているがいい。本当の〈切り裂きジャック〉の手並《てなみ》を見せてやるから。

ナイフを握りしめた手は、震えもせず、汗もにじまない。

松尾は、やっと息をついて、体を起こした。私は、ナイフを手に、その背中へ向って、ゆっくりと足を進めて行った。

松尾の死

松尾は、気分が悪いせいか、背後から近付く私に、全く気付いていなかった。

私の手には、血を吸うのを待ち焦《こ》がれているナイフがあり、目の前には松尾の背中がある。その間は、もう一メートルとはなかった。

今だ！　私はナイフを握った手を、ゆっくりと振り上げた。

「――いやだって言ってるじゃないのよ！」

女の声が、突然すぐ近くで聞こえた。私は素早くナイフを握った手をコートのポケットに入れ、振り向いた。

「なあ、何だよ、今さら！」

と男の声。

霧で多少見にくいが、どう見ても二十歳そこそこの若い男と女である。どっちも少し酔っているようだ。

私は舌打ちした。松尾が声を聞いて振り向くと、まともに顔を合わせることになる。

一旦《いったん》姿を隠さなくてはならない。――私は素早く暗がりへと移動した。

松尾は、気分が良くならないのか、少し歩いて、街灯にもたれると、そのままじっと動かない。

「――いやなもんはいやなのよ！」

「そりゃねえだろ、ここまで来たのによお」

若い男女はまだもめている。

「ここまで来たって、あんたが連れて来たんでしょ」

「お前がついて来たんじゃねえか」

「何もしないって言うからよ」

「あそこまで来て、何もすんななんて、冗談きついぜ」

――どうやら、男が、恋人をホテルか個室喫茶か、その手の所まで連れて行ったのに、いざとなったら、女のほうが逃げ出したというところらしい。よくある話だ。

「約束したでしょ。あんた、キスだけだって」

「そんなのねえよ。散々金使ってんだぜ」

――畜生、と私は苛々《いらいら》しながら、靴で小石をけった。どっちでもいいから、とっとと姿を消してくれ！

「お金が何よ！　ケチくさいこと言わないでよ」

「ケチたあ何だよ！」

「ケチだからケチって言ったのよ！」

「お前こそ何だ、いつも飯食っちゃ逃げちまうくせして。食い逃げめ！」

「言ったわね……」

　女はカッとしたらしく、男の頰をいきなり平手でひっぱたいた。バシッと景気のいい音が響いて、

「この野郎……」

男のほうも頭に血が上ったと見える。女の髪をわしづかみにして引っ張った。

「痛い！　何すんのよ！」

女が手にしたハンドバッグを振り回す。

こうなると、もう乱闘だ。——私は、ため息をついた。

もちろん、かの〈切り裂きジャック〉だって、バッキンガム宮殿の中で犯行に及んだわけではない。色々と邪魔も入ったに違いない。

しかし、こんな騒ぎに出くわしたのでは……。

私はすっかりやる気を失ってしまった。

「てめえ、金返せよ！」

「何すんの、泥棒！」

——恋人たちもこうなっては終りだな、と私は苦笑した。男が女のバッグを引ったた

くって、中身を道路へぶちまけた。

そして、財布をひっつかむと、

「返してよ！　泥棒！」

と食ってかかる女を突き飛ばした。

女は路上に転倒して、ちょうど街灯にもたれている松尾の足下に転がった。

「ねえ、あいつを捕まえてよ！　泥棒なのよ！」

と、女は松尾の足をつかんで叫んだ。

もちろん、まさかそれが本物の刑事だとは思ってもいないだろうが。

「うん……？　何だ、一体？」

松尾が、物憂《ものう》い様子で顔を上げた。

「あいつが、私の財布を盗《と》ったのよ！」

と女が、若い男のほうを指さす。

「勝手言いやがって！　そいつに電車賃でも借りて帰るんだな！」

と、男のほうは言い捨てて歩き出す。

突然、松尾が職業意識に目ざめたのか、

「待て！」

と、怒鳴った。「逃げるな！」

「何だよ」

男は振り向いて、「引っ込んでろい！　関係ねえだろう！」

「それを返せ」

松尾は、ちょっとよろけながら、相手のほうへと近付いて行った。

「大きなお世話だ、引っ込んでろ！」

「財布を返してやれ！」

松尾のほうも、酔っているせいか、言葉が荒々しい。「逮捕するぞ！」

「笑わせるない、この酔っ払いが！」

男にドンと胸を突かれて、松尾はよろけると尻もちをついた。男はゲラゲラと笑いながら、

「ざまあ見ろ！　悔しかったら、逮捕でも何でもしてみろよ」

松尾が、よろけつつ立ち上がる。

——私は松尾の顔つきが変っているのに気付いた。

私を尋問していたときの、あの凶悪そのもののような顔になっている。こいつはただでは済まないぞ、と思った。

「お、まだやる気かよ」

相手はニヤニヤ笑っている。何も分っていないのだ。

「謝れ」

と松尾は低い声で言った。

「何だと？」

「手をついて謝れ」

「ふざけるない！　てめえこそ——」

松尾が男の腕をぐいとつかむと体を沈めた。男の体がみごとに一回転して、道路に叩きつけられる。

「いてて……」

「さあ、謝れ」

「誰が謝るもんか！」

起き上がった男は拳《こぶし》を固めて松尾に向って行った。だが、松尾の手のほうが、鍛えられている。手刀が水平に男の首を打って、男は苦しげに喘《あえ》ぎつつ倒れた。

「分ったか！　俺を馬鹿にした奴は、容赦しないんだ」

松尾は、靴で、思い切り相手の腹をけった。ウッと呻《うめ》いて、体を折る。

「フン、ゴキブリ野郎！」

と、松尾は吐《は》き捨てるように言った。

それから、少し離れて、二人の争いを見ていた女のほうへ、

「さあ、財布を取り返せよ」

と言った。

だが、女のほうは、さっきの勢いはどこへやら、すっかり怯《おび》えてしまっていた。

「もう……いいの」

「何がいいんだ！　こいつは泥棒なんだぞ」

松尾は大声で喚《わめ》いた。

「あの……どうせ大して入ってないから……」

と女はこわごわ言った。

「何を震えてるんだ？——俺が怖いのか？」

松尾は声を上げて笑った。「俺は刑事だぞ！　何も怖いことなんかないんだ」

「分ったわ……。ありがとう、もういいの」

「いや、よかないぜ。財布をちゃんと取り戻さなきゃな」

松尾は、倒れている男のほうへ歩み寄った。

「ズボンのポケットだな……」

と男の上にかがみ込んで、「あ……」

と呟《つぶや》くように言った。

おかしいぞ、と私は思った。

私の位置からはよく見えないのだが、何かあったのだ。

松尾が、そろそろと体を起こすと、二、三歩後ずさりして、振り向いた。――女が悲鳴を上げた。

街灯の光で、松尾の腹の辺りが、赤く染まっているのが分る。――倒れていた男が、上体を起こした。

あの若い男がナイフを持っているとは、松尾も気付かなかったのだろう。

松尾が、苦痛の表情など、まるで見せないのが却《かえ》って怖かった。むしろ薄笑《うすわら》いさえ浮かべている。

そして――不意に松尾の体が崩れた。

路上に伏した松尾の体の下から、血がゆっくりと広がり始める。

男がナイフを手に立ち上がる。

「――何やったのよ！」

女が叫んだ。

「俺……だって……頭に来たから……」

と、男がボソボソと言った。

「殺したのよ！」

女のほうが、こういうときは冷静になるようだ。

松尾の上にかがみ込んで、上衣《うわぎ》のポケットを探った。

「——見て！」

「何だ？」

「警察手帳よ」

しばらく、どちらも口をきかなかった。

「そんな……」

「本物の警官よ！　刑事を殺したのよ！」

女が叫んだ。「何てことしたのよ！」

「どうしよう……俺……」

男が、血のついたナイフを投げ出した。

「だめよ。どこかへ捨てなきゃ」

女がバッグの中のものを拾い集めて、ハンカチで血のついたナイフを包んだ。「さあ、早く逃げるのよ！」

「どうする？　だって、もしかしたら、まだ助かるかもしれない——」

「もう死んでるわよ！　誰か来ない内に。早く！」

「う、うん」

男のほうはただ呆然《ほうぜん》としているばかりで、女に腕を取られて、よろけるようにして立ち去った。

——私は、ゆっくりと、松尾のほうへ歩み寄った。

本当に死んでいるのだろうか？　かがみ込んで、手首を取ってみる。

——そこには生命のしるしは、全くなかった。

私は、しばし呆然として、松尾の死体を見下ろして立っていた。

何という皮肉だろう。殺そうとした相手が、こんなにも簡単に、他の人間に殺されてしまうとは。

しかも、刺されているのだ！

それは、まるで、天が私に代って、松尾を殺してくれたようなものだった。「切り裂きジャック」は、またしても、その腕を振うことなしに終ってしまったのである。

——ふと、我に返って、私は歩き出した。こんなところを人に見られては怪しまれる。

「怪しまれる、か……」

そう呟いて、笑い出した。

切り裂きジャックが、怪しまれるもないものだ。どうなってるんだ、全く！

私が笑いながら、歩いて行くと、すれ違ったどこかの酔っ払いが、

「おい、兄ちゃん、ご機嫌だね」

と、声をかけて行った。
私は足を早めた。霧は少し晴れかかっている。

三人の女

今朝は、仕事が、いやにはかどって気味が悪いほどだった。

理由は分らなかったが、昨夜からの一種の高揚感《こうよう》のようなものが、まだ体の中で燃えているようだった。

「ずいぶん張り切ってますね、平田さん」

と女の子に声をかけられたくらいである。

「昨日、ゆっくり休んだせいかな」

と、私はごまかした。

全く馬鹿げた心配ではあるが、それだけで松尾を殺したと疑われるのではないかという気がしたのだった。

といって、少しもびくついていたわけではない。むしろ用心深くなった、というほうが正確であろう。

——川上刑事がやって来たのは、昼過ぎのことだった。

私は会議を中座《ちゅうざ》して、川上と二人で喫茶室へ席を移した。

「――松尾さんは気の毒でしたね」

と私は先に言った。

「いや、驚きましたよ」

川上はため息をついた。「私が散々叱《しか》りつけた後でしたから、どうも気になりましてね」

「私は……まあ正直言って、あまり悲しくはありませんがね」

川上は、ちょっと笑みを見せて、

「いや、それは当然です」

と言った。

「そうか。それで私の所へいらしたんですね？」

「というと？」

「私があの恨みで松尾さんを殺したのじゃないか、と……」

「とんでもない」

川上は即座に打ち消した。「酔って喧嘩《けんか》したのですよ。それらしい声を耳にしたという近所の人の証言もあります」

「そうですか」

「犯人を挙げるのは楽じゃありません。指紋は登録してなかったし、いわば行きずりの殺人ですからね。向うが黙っていれば、それきりですよ」

「警官を殺したとなると、びくついて名乗り出ては来ないでしょうね」

「それが厄介《やっかい》です」

　と川上は言って、「今日は、ともかく一昨日の一件について、お詫《わ》びに上がったのですよ。上役のほうから、この件は何とぞ口外しないでいただきたいと頼んで来いと言われました」

「そうですか」

「警察も、マスコミに叩かれるのは怖いのですよ」

「二度とあんな目に遭《あ》うのはごめんですよ」

　と私は言った。

　正《まさ》に本音だった。――川上刑事は、至って愛想良く、何度か頭を下げて帰って行った。

　どことなく油断のならない男だ。

　松尾のような、直線的なタイプは、まだ何を考えているか分るので、そう神経は使わないが、川上は、「一筋縄で行かない」というタイプの典型だった……。

　部下が殺されたというのに、あんな用事でわざわざ私を訪ねて来るだろうか？　私の様子を見るつもりだったのではないか。

しかし、いずれにせよ——本当に、私が殺したのではないのだ。残念ながら。

席へ戻ると、やっと気分の鎮まっているのを感じた。

それにしても、この事件は、ますます分らなくなって来る。——松尾の死は、偶発《ぐうはつ》的《てき》なものだから別として、あの謎の女、小浜一美、大場妙子……。

三人の女が、どう絡《から》んでいるのか、私には見当もつかない。

山口の殺されたホテルの部屋から姿を消してしまった大場妙子のことが気になった。

もちろん小浜一美のことも、心配でないわけではないが、彼女が姿を消しても、それは理由がないわけでもない。

しかし大場妙子の場合は、全く思い当る理由がないのだ。しかも、姿を消した状況が、二人ともそっくりだというのは、何を意味しているのか？

——いつの間にか、一日が終った。

今日は霧もない、静かな夕暮れだった。

アパートへ帰ったのは、途中で夕食を取ったので、七時半頃になっていた。

ぼんやりとTVなどをつけて、見るともなく眺めていたが、その内眠気《ねむけ》がさして来て、畳《たたみ》の上に横になった。やはりまだ松尾に痛めつけられたのが、応えているのだろう。

ウトウトしていると、電話の音で起こされた。——妙子か、それとも一美だろうか？

　受話器を急いで上げると、

「おめでとう」

　という女の声。

　あの女だ。私は、座り直して、

「何の話だい？」

　と言った。

「あの憎い刑事さんが死んで、ってことよ」

「僕がやったんじゃないぞ」

「分ってるわ」

「——見てたのか？」

「私にはちゃんと分るの」

　女は、フフ、と軽く笑った。

「君は何者なんだ？　なぜそう僕をつけ回す？」

「あら、つけ回しちゃいないわ。私の行く所にたまたまあなたがいる。それだけのこと」

「人をからかうな」

「そうカッカしないの」

「小浜君と大場君のことはどうなんだ。何か知ってるんじゃないのか？」

「私が？」

「君は大場君を狙うようなことを言っていたじゃないか」

「ああ、そうね。でも――」

と女は大して気のない様子で、「もう構わないの」

と言った。私は、何となく背筋に冷たいものが走るのを感じた。

「どういう意味だ？　まさか君は大場君を……」

「ご心配なく、彼女は生きてるわ」

「知ってるのか。どこにいるんだ！」

「あまり大声出さないで。耳がガンガンするじゃないの」

「教えてくれ。彼女はどこにいる？」

「まあ、教えてあげてもいいわ。メモのご用意を」

女は、ラジオのＤＪか何かのような口調で言った。

「ふざけるな！」

「本気よ。ややこしい所だから。――いい？　言うわよ」

ドアを開けると、耳をつんざくようなロックの音楽が――これでも音楽だとすればだが――体にぶつかって来た。

確かに、女の言う通り、ややこしい裏通りで、メモを何度も見直さなくてはならなかった。

青白く淀《よど》んだ煙。低いフロアで、ひしめき合うように踊る若い男女。目がチカチカして頭痛がして来るような照明。

何を好きこのんで、こんな騒がしい所へ来るのやら、私にはさっぱり理解できない。

「いらっしゃいませ」

こんな場所には、ちょっとちぐはぐな感じのする、蝶《ちょう》ネクタイの男が、近寄って来た。三十歳ぐらいか。いやにてかてかと髪を光らせ、人形のような微笑《びしょう》を浮かべている。

この男だな、と私は思った。

「席はあるのかい」

と私は、女に教えられた通り、言った。

「ご覧の通り、一杯でして――。カウンターなら奥に……」

「テーブルがいいんだ。特別席があるんだろう」

男の顔が、ちょっとこわばった。こっちが警察の人間じゃないかと疑っているのだろう。

「どこでお聞きになりました?」

と訊《き》いて来る。

「ジャックだよ」

と私は答えた。——女が、そう言えと指示したのだ。

「そうですか」

男はホッとしたように表情を緩《ゆる》めた。「こっちへどうぞ」

私は、背広にネクタイという、この店にはおよそ似合わないスタイルであった。

その男の後について行くと、奥のカーテンから、暗い廊下へと入り、突き当りのドアを開けた。

「中へどうぞ」

異様な匂《にお》いが、鼻をついた。——マリファナとか、その手のタバコの匂いなのだろう。

階段を下へと降りると、広い部屋になっていた。

まだ若い男女が、思い思いの格好で、カーペットを敷きつめた床《ゆか》に寝そべったり、クッションに座り込んだりしている。

一様に黙りこくって、黙々《もくもく》とタバコを喫《す》っていた。

何だか、シャーロック・ホームズの小説に出て来たアヘン窟《くつ》、という感じで、ただ、そこに集まっている男女の服装が変っているだけのようだった。

奥にも部屋があるらしく、そこではもっと怪しげなこともやっているのかもしれない。

　本当に、ここに大場妙子がいるのだろうか？

　私は、広い部屋の中を見回した。

　――女が一人、物憂げに立ち上がって、近寄って来た。Tシャツとジーパンという
スタイルである。まだ十七、八という顔だった。

「ねえ、私と寝る？」

　間のびした声で訊いて来る。

「いいや。人を捜してる」

「寝ようよ。お金がいるんだ」

　と私の首へ腕をかけて来る。

　大場妙子はここにはいない。――しかし、「あの女」は、ここだと言ったのである。

もちろん、あの女が嘘をついたのかもしれない。しかし、他に何の手がかりもない
以上、ここを調べてみる他ないではないか。

「ねえ、いいでしょう？　私、こう見えても巧《うま》いんだよ」

　女は、甘えるような声を出した。

「よし。場所は？」

「奥よ。――こっち」

女は、奥のドアのほうへ私を引っ張って行った。ドアを開けると、細長い廊下が真直ぐにのびていて、両側にドアが並んでいる。

小部屋に分れているのだろう。使っていない部屋はドアが開けっ放しで、閉まっている所は、いわば〈使用中〉ということのようである。

「ねえ、入ろうよ」

と、女が引っ張るのを、

「待てよ。もっと奥がいい」

と、引きずるようにして進んで行く。

「どこだって同じじょ」

「静かにしてろ」

と私は言った。

閉じたドアの一つから、

「やめて！　離してよ！」

と、女の叫び声が洩《も》れて来た。

あの声は――大場妙子だ！

そのドアを開け放つと、安物のベッドの上に、大場妙子が男二人に押えつけられていた。一人は手に注射器を持って、その針を大場妙子の白い腕に突き立てようとしていた。

「――何の用だ？」

まだ十八、九にしか見えない、その男が、険しい目でこっちを見た。

「平田さん！」

妙子が叫んだ。

「その女を迎えに来たんだ」

と私は言った。「離してやれ」

「とんだ邪魔が入りやがった」

と男は舌打ちした。「お前も見物してな、この薬で、女がいい気分になるのをよ」

と注射器を突き立てようとする。

私は、いつもの平田正也ではなかった。ポケットの中で、手はナイフを握っていたのだ。一歩踏み出すと同時に、ナイフの刃が、男の腕をかすめた。血が細く飛んで、注射器が床に落ちる。

「いてえ……。いてえよ……」

男は向って来るどころか、そのかすり傷をかかえ込むようにして、泣き出しそうな顔でうずくまってしまった。

もう一人の男は、それを見ると、パッと妙子から手を離し、

「お、俺は手伝っただけだよ」

と奥のほうへ逃げる。

だらしのない連中だ。

「大丈夫かい？」

私は妙子に声をかけた。妙子がベッドから飛び起きて来ると、私の胸にすがりつくようにして、

「もう……死ぬかと思った！」

と息をつく。

しかし、泣いてはいないのが偉いものだ。

「もう大丈夫。さあ行こう」

私は、彼女の肩を抱いて歩き出した。

「──ねえ」

と、後ろから声がした。

忘れていた。私と寝ようと言った若い女だ。

「金が欲しいんだろ。これを取っとけ」

私は、一万円札を一枚、財布から抜いて投げると、妙子を促《うなが》して歩き出した。

ついて来る女

「——心配かけてごめんなさい」

妙子は、やっと落ち着いた様子で言った。

ろくに食べていなかったらしく、手近な食堂に入ったら、旨《うま》くもないカレーライスを二皿ペロリと平らげてしまった。

「どうしたんだい、一体？」

と私は訊いた。「警察でも、君を捜してるんだよ」

「ええ、明日でも出向いて行って説明するわ」

「何があったのか、話してくれよ」

「私にだって良く分らないのよ」

と、妙子は言った。「三〇四号室で、あなたが戻って来るのを待ってる内に、ウトウトしちゃったのね。——誰かが入り込んで来たのよ。いきなり毛布をスポッとかぶせられて、どこかを殴《なぐ》られたら、アッサリ気を失って……」

「相手が誰だか分らなかったの？」

「全然。ハッとしたときにはもう毛布の中で」

「それから？」

「その後は、気が付いたら、あの店の中。もっと奥に、倉庫みたいな所があるのね。外へ出入りできる隠し戸もあるみたいなんだけど、そこに縛られて、転がされてたわけ。——しばらく放っておかれて、マリファナか何かのタバコを無理に喫わされたり……。あんまり効き目がないもんだから、直接注射してやると言って……。そこへあなたが来てくれたのよ」

「間一髪だったね」

「命の恩人だわ、平田さんは」

と、妙子が言った。

私は、何だかくすぐったい気持になって、

「——そうだ。お母さんが心配してるよ。連絡してあげたら？」

「あ、そうだ！　十円玉を貸してくれる？」

妙子は、自分の服に初めて気が付いた様子で、「——まあ、ずいぶん野暮《やぼ》ったい格好してたのねえ」

と呑気《のんき》なことを言った。

怖いもの知らずというのか……。私はつい笑い出さずにはいられなかった。

「しかし、どうして君を裸にして行ったんだろうね」

と私が言うと、妙子は肩をすくめて、

「どこかへ売り飛ばすつもりだったのかしらね」

と気楽に言った。

妙子を家まで送るべく、表に出てタクシーを停めた。

「さあ、乗って」

と、妙子を乗せ、つづいて乗り込む。

すると、どこにいたのか、もう一人、女が私の後から乗り込んで来た。

「おい、何だ、君は？」

と見て、「あ、さっきの——」

あの店で私を誘って来た若い女である。

「一万円落としたから、拾って届けてやろうと思ったのよ」

と女は言って、さっき私が投げてやった札《さつ》を取り出した。

「それは君にやったんだ」

「何もしないでもらえないわ」

「ともかく降りろよ」

「いやよ」

「どうする気だ？」

「私、さっきあなたを見ててしびれちゃったんだ。カッコ良かったよ！」

「そいつはどうも。さあ、降りて」

「いや！　あんたについて行くんだ！」

「何だって？」

運転手がうんざりした顔で、

「どこへ行くんですか？」

と言った。

妙子が家の場所を告げると、タクシーは走り出した。

私は、妙子とその女、二人に挟《はさ》まれて座っていた。——到底、「両手に花」なんて気分ではなかった。


朝、いつもの時間に目が覚める。

独り暮しは、何とも疲れるものだ。しかし、疲れるからといって、習慣を一度崩してしまうと、もう歯止めが効かなくなる。

辛くとも、同じ時間に起き、顔を洗い、コーヒーを淹《い》れて——。この日課を守ることが、一人でいて、惨めさを感じない唯一の方法なのである。

この日も、手順通りに一日はスタートした。少し手早くやったせいか、出かける前に、五分ほど時間が空いた。

新聞を広げようとして、ふとあの女のことを思い出した。タクシーに無理に乗り込んで来て、結局このアパートの前までくっついて来たのである。

「帰れ」

と言っても、

「帰らない！」

と頑張る。

こっちも根負けして、勝手にしろ、と言って部屋へ入ってしまった……。

そのまま朝になったわけだが、あの女、どうしただろうか。——私は立ち上がって窓のほうへ行って外を見た。

別に女の姿は見えない。諦《あきら》めて帰ったのだろう、とホッとした。

さて、少し早いが、出かけようか、と伸びをして、ネクタイを手に取った。

外へ出て鍵をかけ、アパートを出ると、駅へ向って足早に——。

「おはよう！」

振り向いて驚いた。昨日の女である。

「何してるんだ？」

と私は訊いた。

「歩いてるのよ。歩いちゃいけないの?」

「構わんさ。しかし、一緒に歩かないでくれないか」

「あら、たまたま同じ駅に行くってだけじゃないの」

と、澄《す》ました顔をしている。

「いいか、君と遊んでるヒマはないんだ!」

「誰も遊んでくれなんて、言ってやしないわよ」

なるほど、それはその通りだ。私は肩をすくめて、勝手に足を早めた。

おかげで一本早い電車に間に合い、会社に着く前に、早朝のモーニング・サービスをやっている喫茶店で一息入れることができた。

こんな時間でも、朝食抜きで家を出て来ているサラリーマンたちが、ここで朝食のトーストをかじっている。

私は、窓際の席に座って、のんびりとコーヒーをすすった。外をせかせかと走って行くサラリーマンたちは、たぶんまだ会社まで距離があるのだろう。——何となく、余裕がある感じで、いい気分である。

トントン、とガラスを叩く音に顔を上げて、ギョッとした。——あの女が窓の外にニコニコ笑っている。

「——何のつもりだ？」

金を払って外へ出ると、私は、女にかみつきそうな調子で言った。

「歩いてたら、たまたま見かけてね……」

「そんなことがあるもんか！　一体何が狙いだ？」

「別に。ただ、何となくあんたに魅《ひ》かれたのよ」

「迷惑だよ」

「別に構わない、私」

これでは話にならない。

「——ねえ、早く会社に行ったら？」

しまった！　ギリギリだ！　私は、

「もうついて来るなよ！」

と怒鳴っておいて、会社に向って駆《か》け出した。

昼休みになって、私は席から立ち上がった。——午前中は、みんな専《もっぱ》ら大場妙子の話でもちきりだった。

今日は妙子は休んでいる。警察で色々話をしたり、あの、閉じ込められていた店も、手入れを受けることになるだろう。

もっとも、店の人間はとっくに夜逃げしているに違いないが。

昼食を外で食べようと、ビルを出た私は、目の前にあの女が立っているのを見て、ため息をついた。

「──ねえ君」

「あら、また会ったわね」

しゃあしゃあとして笑っている。

──何となく格好が薄汚《うすよご》れているが、まだ若く、よく見ればなかなかチャーミングな個性のある顔立ちをしている。

「よし、じゃ昼飯でも食べるか?」

彼女はキャア、と声を上げて手を打った。

「良かった! 飢《う》え死にしそうだったんだ!」

私は苦笑した。

「それならもう少し待つんだったな。何を食べる?」

「何でもいいよ」

正に──何でもいい感じだった。

その女、入ったソバ屋で、カツ丼《どん》と天丼をきれいに平らげ、かつ、ざるそば一つを、さして苦にするでもなく、お腹におさめて、

「ああ、生き返った」

と言った。

「君の名前は?」

「めぐみ。メグってみんな呼ぶよ」

「ゆうべは表に立ってたのか」

「うん。でも、立って寝られるんだ。馬みたいでしょ」

「家へ帰らないのか?」

「家なんてないよ。ありゃ、あんな所でゴロゴロしてない」

なるほど、それはその通りかもしれない。

「君は、覚せい剤か何かやってるのか?」

「たまにね。面白くないことがあったとき。それにお金ないと手に入んないしね」

「そんなことやってると体がボロボロになっちまうぞ」

「まだ中毒してないからね」

「しかし、金がほしくて僕に声をかけたんだろう」

「うん、お腹が空いてたんだもの」

私はつい笑ってしまった。これなら、充分に立ち直れそうだ。

めぐみ――メグと名乗ったその女は、確かに、ああいう中毒患者とは違って、生気のある目をしていた。

「ねえ、あんた何者なの？」

ソバ屋を出て、近くのパーラーに入ると、メグは、胸やけしそうなチョコレートパフェを平然と食べながら、そう訊いた。

「僕はただのサラリーマンだよ」

と、私は言った。

「そんなことないよ！」

「どうして？」

「だって……あのナイフの扱い方なんて、ベテランじゃないの」

「向うが意気地なしなのさ」

「あの女の人、恋人なの？」

「え？　ああ……そんなところかな」

「ふーん。ね、どんな事情なの？　話してくれない？」

「聞いてどうするんだ？」

「あんたのことなら、何でも聞きたいんだもん」

私は戸惑った。——そのメグという娘、明らかに、私に対して恋心を抱いているのだ。

その目つきは、疑いようもなかった。

何となく憎めない女ではある。しかし、とてもじゃないが、今の私に、そんな色恋を語る余裕は、とてもないのだ。

「なあ、いいかい……」

と、私は言った。

「切り裂きジャック、かあ……」

メグは、ぶらぶら歩きながら言った。

もう、夜も九時を回っている。——昼休みの時間では、とても話にならないので、帰りにまた会って、夕食を食べさせてやりながら、今度の事件のことを説明してやったのである。

といっても、もちろん小浜一美のこと、私自身の内面的なことは一切触れていない。

「私もどこかで読んだよ、その記事」

とメグは言った。「たぶん、どこかに落ちてた新聞でも見たんだね」

「用心しろよ、霧の夜は」

と私は、アパートへの道を辿りながら言った。

「大丈夫よ。ああいう男は美女を狙うんでしょ？」

「今回は男もやられてるからね」

「ああ、そうか。——あんたの恋人の伯父さんも殺されたんだもんね」

「用心に越したことはないよ」

「でも、いいんだ。殺されたって泣く奴もいないし。そういう人間って、割《わ》りと殺されないいんじゃない？」

「さあ、どうかね」

何とも憎めない女である。「――君はいつもどこに泊るの？」

「その都度《つど》、適当によ」

とメグは言った。「ご心配なく。泊めてくれなんて言わないわ」

「言われても困るよ」

「誰かが帰りを待ってんでしょ」

「大人をからかっちゃいけない」

「アパートまで一緒に行っていい？」

「上げるわけにはいかないよ」

「いいわよ、それでも」

「じゃ、勝手にしろ」

メグは口笛を吹き始めた。――なかなかうまいもので、そのメロディは、私の知らないものだったが、それでいてどこかで聞いたことのあるような、懐かしさを覚えさせた。

「──アパートだ。じゃ、達者でな」

「うん」

メグはあっさりと言った。「時には顔出してもいい？」

「いきなりはやめてくれ。──なあ、どこかで真面目に働けよ」

「そうね。考えてみる」

私は、そのとき、アパートの窓へ目をやって、

「変だな」

と呟《つぶや》いた。

「どうしたの？」

「明りが点《つ》いてる」

私はアパートへと足を進めた。メグがついて来る。

「ねえ、危いんじゃないの？　昨日の連中が待ち伏せてたら──」

「来るな。危いかもしれない」

ドアの前に来て、私はそっと中の様子をうかがった。

何の物音もしない。ただ、明りが点いているのだ。──私は、思い切ってノブを回し、ドアを開けた。

「お帰りなさい。遅かったのね」

大場妙子が微笑んでいた。

「びっくりさせるなよ……」

「ごめんなさい。ちょっと管理人のおじさんに頼んだら、快く開けてくれたの」

頼りにならない管理人だ。——メグがヒョイと顔を出した。

「昨日はどうも」

「あら、あなた……。平田さん、ずっと一緒だったの？」

「誤解しないでね」

とメグは言った。「私、一文無しだから、ご飯ごちそうしてくれたんだ。じゃ、バイバイ」

メグが足早に行ってしまうと、私はドアを閉めた。

「——あの店はどうなったんだい？」

「午後に踏み込んだけど、もう誰もいなくって、何か月も空家《あきや》だったみたいだって言ってたわ。当り前ね」

「残念だな。なぜ君をかっさらったのか、訊き出せたのに」

「きっと一連の事件に関係があるのよ」

「というと？」

「切り裂きジャックよ」

私は何とも言わずに、ネクタイを外し、上衣《うわぎ》を脱いだ。そして、どっかとあぐらをかくと、言った。

「警察がそう考えてるの？」

「私よ。だって、あのホテルのあの部屋で、いきなり襲われるなんて、どう考えたっておかしいじゃない」

「しかし、切り裂きジャックに、仲間はいない。一人だよ」

「本物はね」

「というと？」

「ねえ、今度の〈切り裂きジャック〉の騒ぎは、何かのカムフラージュだと思わない？」

「カムフラージュ？」

「そう。本当は、伯父の桜田、山口課長、どっちも、何か、理由があって殺されたんじゃないかしら。それを隠すために、あの伝説を利用したとは考えられない？」

「なるほど……」

「大体、ジャックにしてはおかしな人選じゃない？　変質者が狙うっていうタイプじゃないと思うの、二人とも」

「つまり、何か世俗的な——現実的な理由がある、というんだね？」

「そう。私はそうにらんでるの」

なるほど、そうは考えてみたこともなかった。私自身は、あの女の声も聞いているから、それ以外の可能性など、考えなかったのだが、もし、妙子の言う通りなら、あの女の声も、私を引っかけるエサなのかもしれない。

だが、何のために、私を騙《だま》そうとするのか？　私を騙して、何か意味があるとでもいうのだろうか。

「君は、その考えを警察に話したの？」

と私は訊いた。

「いいえ。あなただけよ。――だって、名探偵は、最後の最後にならないと謎を解明しないものだわ」

私は苦笑した。

「まだこりないのかい？　あんな目にあっていながら……」

「それぐらいのことで引き退がってたら、女じゃないわ」

妙子はそう言って笑うと、「――でも、あなたにお礼をゆっくり言うぐらいの礼儀はわきまえてるのよ」

と進み出て来る。

「ねえ、今はそれどころじゃ――」

と言いかけた言葉を、彼女の唇《くちびる》が封じた。

私たちは一緒に畳の上に倒れた。私とて、女を抱きたくないというわけではないのだ……。

だが、そのとき、

「キャーッ！」

という女の叫び声が、私たちを引き裂いたのだった。

「——何かしら？」

「表だ。行ってみよう」

私は、部屋を出た。

外の、街灯のあたりに、数人の人が集まっている。同じアパートの住人の顔もあった。

「——何事です？」

と走って行くと、顔見知りの男が、

「あ、平田さん。女がね、刺されてるんですよ」

と言った。

「刺されて？」

私は、一瞬ヒヤリとした。——そして、そこに、血に染って倒れているめぐみ——

メグの姿を見たときは、唖然《あぜん》として、しばらく動くこともできなかった……。

夜の病院は、ひどく寒々としている。

「気の毒にね」

と、妙子は言った。「助かるかしら？」

「さあ……。出血がひどいと言ってたからな……」

私は、極力、平静を装っていた。

あの女だ！——あの女が、メグを刺したのだ。

しかし、一体なぜだ？　メグのような娘を殺して、何の意味があるのだ？

「君は帰ったら？　またお宅で心配するよ」

と私は言った。

「でも——」

と言いかけて、私の顔を見ると、妙子は、「そうね、そうするわ」

と言った。

一人にしてくれたことが、ありがたかった。別に、メグが刺されたのが自分のせいだと限らないことは承知しているのだが、それでも、責任を感じる。

あの、憎めない、屈託《くったく》のない笑顔が、目の前をチラついた。

それに——そうだ。すぐに帰らず、メグはアパートの近くで、ぶらついていたのだろう。もしかすると、また夜明かししようと思っていたのかもしれない。

私は、苛々《いらいら》と、人の気配の絶えた廊下を歩き回った。

「——平田さん」

と声がした。

川上刑事だった。

「川上さん。どうしてここに？」

「ナイフを使った事件となると、全部報告が入るんですよ。知っている女性ですか？」

「というか……」

私は、メグを拾ったようなことになったいきさつを説明した。

「なるほど。すると大場妙子さんが監禁されていた店にいたんですね？　すると、やはりつながっているのかもしれないな」

「不良っぽい娘ですが、まだ立ち直れそうでしたよ。——刺した奴は人間じゃない！」

「やはりジャックですかね」

「分りませんね……。そうであろうとなかろうと、許せませんよ」

私は、つい声が震えるのを、何とか抑えていた。――別に、メグには恋愛めいた気持などなかったのだが、それだけに、彼女が哀《あわ》れだった。

せめて命を取り止めてくれれば……。

「医者が出て来ましたよ」

と、川上が言った。

川上が、自分の立場を説明して、

「どうですか、様子は？」

と訊いた。

「何とか持ちそうです。体力があるんですね、若いせいでしょう」

私はホッと息をついた。

「しかし、油断はできません」

と医師は続けた。「今夜がヤマということになりますね」

私は、閉じた病室のドアを、じっと見つめていた。

今夜はずっとついていてやろう。――私はそう心に決めていた。

二度光る刃

もの凄《すご》い霧だった。

いや、白い海の中を泳いでいる、と言ったほうが近いかもしれない。ともかく、どこをどう歩いているのか、見当もつかないのだ。

ともかく足の向くままに歩いて行くと、突然、古びた小路に足を踏み入れていた。そこだけは、霧も晴れて、濡《ぬ》れた石畳《いしだたみ》がつややかに光っている。

誰かが倒れていた。近寄ってみると、小浜一美だ。胸をはだけて、深い傷がえぐっていた。

「畜生」

と私は呟いた。「畜生」

誰がやったんだ？　俺が切り裂きジャックなのに。一体誰が俺の邪魔をするんだ？

気が付くと、女の後ろ姿が、少し先に立ち止っている。黒いコート、長い髪。——あの女だろうか？

私はコートのポケットからナイフを取り出した。——急ぐことはない。

向うは逃げっこないのだ。私には分っている。一対一で、ここで勝負をつけてやる！

歩み寄って、

「おい」

と声をかける。

女は、ゆっくりと振り向いた。——私は息を呑んだ。

それは小浜一美だった。あそこに倒れていたときと同じように、胸をはだけ、深い傷から血が流れ出ている。

それでいて、彼女はニヤッと笑った。青ざめた顔は、とても生きている人間のそれではない。

私は恐怖に震えた。もう、ナイフで勝負しようという気もなくなっていた。逃げ出そうと思ったが、遅かった。

小浜一美の手にしたナイフが、私の腹を切り裂いている。——なぜか苦痛はなかった。むしろ、一種の快感、陶酔がある。

「死」はこんなに美しい、快いものだったのか。ゆっくりと路上に崩れ落ちながら、私はそう考えていた……。

「キャーッ！」

鋭い悲鳴、そして何かが壊れる音。――私はハッと目覚めた。

夢か。夢で、小浜一美に切り殺されていた。ここは……そう、あの、メグという娘が入院している病院で、待合室で長椅子にかけていて、いつしか眠ってしまったらしい。

「誰か！　誰か来て！」

叫び声に私は立ち上がった。あの悲鳴は夢ではなかったのだ！

廊下へ飛び出すと、看護婦が、よろめきながら、あちこちへ向って、

「誰か来て！」

と叫んでいる。

しかし、真夜中である。まだ誰もかけつけて来ない。

「どうしたんです！」

と私が声をかけると、看護婦は安心したのか、その場に座り込んでしまった。

「そ、そこの――そこの――」

と指さしたのは、ドアの半分開いている病室だった。

メグがいる部屋だ！　私は不吉な予感で青くなりながら、そのドアを大きく開けた。

明りが点《つ》いていて、ベッドの上に、赤く血が広がっていた。メグはもう息絶えてい

た。

「――可哀《かわい》そうに」

私は呟《つぶや》いた。毛布の上から、突き刺している。何ということをするんだ！

しかし、メグの顔は、至って穏やかだった。眠っているように目を閉じて、およそ苦痛など感じなかったようだ。

そう考えても、少しも慰めにはならない。居眠りしていて、何も知らなかった自分に腹が立つばかりだった。

「そうだ――」

私は病室の中を見回した。確か川上刑事が、ここに警官を置いておくと言っていたのだ。

警官は病室の奥の椅子に腰かけ、頭を垂れて眠っている様子だった。私は腹が立って、

「何をしてるんだ！」

と警官の方へ歩み寄った。「――ちょっと！　起きて下さいよ！」

ぐい、と肩をつかんで揺さぶる。

警官の頭が、ガクン、と上を向いた。喉《のど》が鮮やかに切り裂かれている。

私は後ずさりした。

「何だ……何だ、これは……」

驚きの余り、わけの分らない言葉が洩《も》れていた。

「どうしました？」

大して急ぐ様子もなく入って来たのは、当直の医師らしかった。「何か、変ったことでも？」

「警察へ――」

「は？」

「警察へ知らせて下さい」

「警察ですか。何と言います？」

私は苛立《いらだ》って、

「人が殺されたんだ！」

と怒鳴った。

「そ、そうですか……」

若い医師も、やっと室内の様子に気付いたらしい。ギョッと目をむいて、

「ど、どうなってるんです？」

「分りませんよ。ともかく早く一一〇番して下さい」

「そ、そうですね……」

医師は、青ざめて、フラつきながら病室を出て行った。――私は、廊下に出て、まだ看護婦が座り込んでいるのを見て、不意に笑いたくなって来た。

笑いの発作を押えようと、私も壁によりかかって、その場にしゃがみこんだ。

誰が――誰がやったんだ？　人知れずやって来て、ナイフを振るって行った……。

私の中に、煮えたぎるような怒りが湧き上がって来た。

あの女……。あの女を生かしてはおけない！　あの女を、この手で殺してやらなくては……。

正義とか、人道的な怒りとか、そんなものではなかった。むしろ、近親憎悪に近いものだったかもしれない。

ともかく、あの女を殺せるのは私しかいない。その確信が、私をつかんでいた。

あの女の行動を予測できるのは、私一人である。

あの女と同じ夢を抱いている、私一人なのだ……。


「――全く面目《めんぼく》ありません」

と川上刑事は言った。

朝が近い。駆《か》けつけて来た川上は、寝不足らしい目をショボつかせた。

「私こそ、近くにいながら」

と私は言った。

「いや、警官の怠慢《たいまん》です。あの様子からみて、居眠りしていたのでしょう。弁解の余地はありません」

川上の表情は沈痛だった。

川上も、内心は警官の死を悲しんでいるのだろうが、それを口にしないのが、却《かえ》って立派に見えた。

病院は大騒ぎになっていた。報道陣が詰めかけ、患者たちは目をさまさせられて、苦情を言っている。

川上と私は、TVカメラの追及を逃れて、病院の事務室に入りこんでいた。

「――ともかく、この騒ぎが落ち着いてから、病院に出入りした人間を調べてみましょう。そこで手がかりを残すような犯人じゃないと思いますが」

「むだでしょうね」

と私は肯《うなず》いた。

「しかし、なぜ犯人はそんなにしつこく、あの女を殺したがったんでしょうね」

と川上は首をひねった。「警官を殺してまで。――そうでしょう? 警官を殺せば、ただでは済みませんよ」

「犯人にとっては、殺すつもりだった相手が生きているのが、堪《た》えられなかったんでしょうね」

と私は言った。

「なるほど。つまり、完璧を求めているというわけだ」

「そう思いますね。――どんな危険を冒《おか》しても、自分の仕事を完成させたい……」

私には、あの女の気持が、よく分ったのだ。

「犯人は――ジャックですか」

「そう思わないんですか？」

「いや、そうじゃありません」

川上は手近な椅子に腰を下ろした。

「では……」

「これで、桜田、山口に続いて三人も殺されてしまった。――いや、それにホテルのフロントの男もあるが、これは今度の警官と同じように、直接の動機はなかったでしょう」

「そうですね」

「私が考えているのは……被害者たちに、なぜ関連があるのかということです」

川上の言うことは、よく分った。

妙子が言ったように、犯人は、何か具体的な目標があるのかもしれない。

「これは無差別殺人ではありませんよ」

と川上は言った。

「つまり、私の周囲で、殺人が起きている、と――」

「そのように見えます」

「つまり、私が犯人だ、と？」

「いや、そうじゃありません」

と川上は首を振った。

「しかし、被害者はみんな私の周辺の人物ですね」

私は、どうしてわざわざ疑ってくれと言わんばかりのことを言うのか、自分でも分らなかった。

「お忘れですか」

と、川上は言った。「桜田と山口を殺したのは小浜一美ですよ」

私はハッとした。そうだった。――色々な事件が続いて、小浜一美が指名手配されていることを、いつの間にか忘れてしまっていたのだ。

「私にはそう思えません」

と、私は言った。「彼女がどうしてあの罪もない娘を殺すんですか？」

「小浜一美があなたに恋していたとしたら？」

と川上は言って、それから、「いや、これは単なる推測ですから」

と付け加えた。

「川上さん」

と、若い刑事が顔を出した。

「何だ？」

「記者たちが、うるさくて仕方ないんです。何か話せと……」

「そうか。放っとくわけにもいかないな」

川上は立ち上がって、「じゃ、平田さん、ちょっと失礼しますよ」

と出て行きかけ、「ああ、もしお仕事に出られるんでしたら、構いませんよ。もう必要なことは大体うかがってありますしね」

「そうですか。——いや、ちょっと神経が参りました。今日は帰って少し寝ます」

「それがいい。では、今日はご連絡しません。明日でも、会社のほうへお電話を入れます」

「よろしく」

と私は頭を下げた。

川上の心づかいが、ありがたかった。実際、私は疲れていた。

肉体もだが、気持が重く沈んでいた。

それが、ただ、メグという一人の娘の死のせいなのかどうか、自分でも良く分からなかった。

――しかし、すぐには立ってアパートへ帰る元気もなく、しばらくそのまま事務室にいて、それから重い足を引きずるように病院を出た。

何もかもが、厄介《やっかい》で、面倒くさかった。いっそ車にでもはねられて死んでしまいたいとさえ思った。

だが、そう都合よく人をはねてくれる車もない。すっかり朝になっていて、そろそろ出勤して行くサラリーマンたちの姿が目につく。

本来なら、私もその一員のはずだが、今朝ばかりは、なぜか、その人々が、まるで遠い別の世界の人間たちのように思えてならなかった。

――はてしなく遠く感じられた距離をようやく克服して、アパートへ辿《たど》り着く。部屋に上がると、何をする元気もなく、座り込んでいた。

すぐにドアをノックする音がした。私は無視していた。誰にも会いたくない。

ドアが開いて、大場妙子が入って来た。私は、鍵もかけていなかったようだ。

「――帰って来るのを見てたの」

と彼女は言った。

「というと……」

「表で待ってたの、三十分くらい」

「そうか」

「TVでニュースを見て……」

と、妙子は言った。「上がっていい？」

「うん」

と私は言った。

妙子は上がって来ると、しばらく何を言おうかとためらっているようだったが、私のわきへ来て座った。

「私にできることがあったら……」

彼女の気持はありがたかった。それに、あの子が可哀そうだったとか、犯人が憎らしいとか、当り前のことをくどくど言わなかったのも、救われる思いだった。

私は彼女を見た。――次の瞬間には、私は妙子をかき抱き、畳の上に押し倒していた。彼女のほうも、そうなるのを待っていたかのように、自分から私の唇《くちびる》へと唇を合わせて来るのだった……。

美しい一夜

目が覚めたときは、もう午後の三時だった。——妙子の姿はなく、私に毛布をかけて帰ったらしかった。

「やれやれ……」

起き上がって大欠伸《あくび》をした。

体はけだるい感じだったが、気持はすっきりして、ここへ戻って来たときの絶望感というか、沈み切った無気力は洗い流されていた。

妙子のおかげだ。彼女の体にのめり込み、我を忘れることで、救われたのだった。

しかし、彼女にしてみればどうだろうか？

ほんの遊びのつもりで付き合っていたとしたら、私があまりに真剣になるのを見て、恐れをなしたのではないか。——だから、私が起き出さない内に姿を消したのだろう。

それも当然だ、と私は思った。ともかく、妙子には感謝しなくてはならない。

私は風呂場へ行って、熱いシャワーを浴びた。

霧のかかったような頭脳はすっきりして、疲れも取れたようだった。やっと、これからのことを考える余裕も出て来る。

改めて、メグを刺した犯人への怒りが湧き上がって来た。なぜ殺したのか。そして誰が……。

おそらくあの女だとは思ったが、一体なぜメグを殺したのだろう？　桜田や山口の場合、まだ殺される理由があった。

しかし、メグの場合は、私にくっついて来たという、ただそれだけのことではないか。とても殺人の動機になるとは思えない。

それならまだ妙子や小浜一美が狙われたほうが分る気がする。

また、あの女から電話がかかって来るだろうか、と思った。いつも殺した後はここへ電話して来る。

シャワーを止めて、バスタオルを手に取ると、電話の鳴るのが聞こえて来た。――あの女か？

私はタオルを腰に巻きつけて、風呂場を出た。――部屋に、妙子が座って新聞を広げていた。

「あら、電話に出る？」

「君――いつの間に――」

私はあわてて訊《き》いた。何しろタオル一つの裸である。

「買物に行ってたの。戻ったら、シャワーの音がしたから。――ねえ、電話に出たら?」

「う、うん……」

私はためらった。もし、あの女だったらどうしよう? 妙子の前で話はできない。

「私、出ようか?」

「いや、いいよ」

仕方なく受話器を上げた。「――もしもし?」

「あ、平田さんですか」

私はホッと息をついた。会社の女の子である。そうか。無断欠勤だったのだ。

「――いや、別に何でもない。――うん、そうなんだ、ちょっと疲れて寝すぎちまってね。電話しようと思ってて、ついうっかりしちゃったんだ。――ああ、明日は行くから」

受話器を置くと、妙子のほうを見て、

「そういえば君も休んでたんだね」

「私はちゃんと電話したわ。平田さんの世話をしているので、休みますって」

「まさか――」

「冗談よ」

と妙子は笑った。「お腹、空いたんじゃない？　折詰《おりづめ》のお弁当買って来たわ」

そう言えば、昨日以来、何も口にしていない。

「ありがたい。じゃ、いただくよ」

「お茶淹《い》れるわ。――大分元気が出たようね」

と妙子は微笑《ほほえ》んだ。

「ああ、すっかり逞《たくま》しくなった感じだ」

私はぐっと胸をそらした。そのはずみに、腰に巻いていたタオルがハラリと落っこちてしまった。

妙子はしばし笑い転げていた。あわてて服を着ながら、私も笑い出していた。

こんなに幸福な気分になったのは初めての経験だった。

「――まだ足りない？」

妙子は、折詰の弁当をペロリと平らげた私を、呆《あき》れ顔で見て言った。

「これでやっと普通の空腹状態になったよ」

「驚いた！　あなた、結構大食いなのね」

「運動したからだ」

「馬鹿！」

と、妙子が照れたように笑う。「ね、どこかへ出かけない？　散歩して、少し遅く食事をしましょうよ」

「僕はいいけど……君は、いいの？　そんなことしていて」

「子供じゃないのよ。親だってもう諦《あきら》めてるわ」

私は、妙子の淹れてくれたお茶をゆっくりとすすった。

「――君のおかげで立ち直れたよ。本当に、ここへ帰って来たときは、参ってしまいそうだったんだ」

「嬉しいわ、そう言ってくれて」

妙子は微笑んだ。

「もちろん、事件のことも忘れちゃいない。――必ず犯人に罪を償《つぐな》わせてやる」

「そりゃ。私も手伝うわ」

「そのためにも元気をつけなきゃ！」

私は立ち上がった。「さあ、出かけよう！」

夜九時過ぎの六本木。

大変な人出である。およそこんな場所には縁のなかった私は、すっかり圧倒されてしまう。

妙子に連れて行かれたのは、裏手の通りのビルの地下に入ったレストランで、入口は目につかないほど小さいのに、中は広く、しかもほぼ満席の盛況《せいきょう》であった。

幸い二人用のテーブルには空きがあって、私たちは席についた。

「ここは私に任せてね」

と、妙子が言った。「よく来るお店なんだから」

「いつもそんなわけにいかないよ」

と、メニューを見た私は目をパチクリさせて、「――じゃ、今夜は君に任せる」

と言い直した。

「気にしないで」

と妙子は笑って、「どうせ親からお小遣《こづか》いもらってんだから」

「しかし……何日分かの食費がパーだよ」

「そんなこと考えてたらおいしくないわ」

「そりゃそうだけど、つい考えるよ」

しかし、ともかく、料理はおいしかった。

「――よかったわ」

妙子が、言った。「平田さん、すっかり男らしくなった」

「こりゃ手厳しいな。それじゃ以前は――」

「ちょっと暗かったわよ、印象が」

そうかもしれない、と思った。

メグの死のショックから立ち直ったとき、私の中で何かが変ったようだった。体内を流れる血が、他人の血と入れかわったら、こんな気分かしらと思えるような、それは劇的と言いたい変化であった……。

「君のおかげだ」

と私は言った。

「違うわ。あなたがもともと強かったのよ」

「キザなセリフだな」

「本当ね」

と、妙子は笑った。

私は、これほど、女性の目を真直ぐに見つめたことがなかった。いつもなら、伏目《ふしめ》がちに、時々盗み見するぐらいが関の山なのだが今日は違っていた。

そう。——私は彼女に恋していた。

しかし、それは許されないことだ。私のようなしがないサラリーマン——しかも、〈切り裂きジャック〉という正体を持ちながら、女に恋をすることなど許されない。

「でも、誰があの女の子を殺したのかしらね？」

と、妙子が言った。

「分らないね。通りすがりの人間か――」

「でも、そんな人間がわざわざ病院までやって来る？」

「それもそうだね」

「やっぱり犯人は桜田や山口を殺したのと同一人物よ」

「うん……」

「憶《おぼ》えてる？　私が言ったこと」

「犯人は、何か現実的な目的があって、桜田や山口を殺してるってことだろう？」

「そう。そこへ、あの女の子がどう絡《から》んで来るのか……」

「しかし、桜田や山口があの女の子を知っているとは思えないよ」

「それはそうだけど、たとえば、あの子が、本当に自分で言った通りの人間かどうか、分らないでしょう？」

私はちょっと面食らって、

「つまり……」

「あの女の子が、わざとあなたに近づいたのだとしたら？」

なるほど、それは考えなかった。確かに、妙子のほうが深く裏を読んでいる。私と来たら、切り裂きジャックなどと自称しながら、人の話を言われるままに信じているのだ。

　全くおめでたい人間である。

「でも、あの娘が嘘をついてたとは思えないな。人を騙《だま》すのなら、もう少し巧《うま》くやれそうなもんだ」

「私もね、あの女の子はとてもいい子だったと思うわ。人を騙すような人間は、もっと善良ぶると思うの。あんな風に自然には振舞えないわ」

「同感だね」

「でも、嘘をつかなくても、あの女の子が言わなかったことがあるかもしれないじゃない？」

　私は肯《うなず》いた。

「ああいう娘に言うことを聞かせるのは簡単だろうからね。ちょっとお金をやればいい……」

「それであの子はあなたに近づいた。でも、あなたが本当にいい人だと分って、頼まれたことをやるのをいやがったんじゃないかしら？」

「なるほど。それで刺された」

「それなら、わざわざ危険を冒して病院に忍び込んだのも分るわ。あの女の子にしゃべられちゃ困るからよ」

　妙子の言葉には説得力があった。

「するとやはり、君が監禁されていたあの店が鍵かもしれないな」

と私は言った。

コーヒーになったとき、妙子は言った。

「ねえ、平田さん」

「何だい？」

「こんなこと訊いて、怒らないでほしいんだけど……」

と妙子はためらった。

「言ってごらんよ」

「あなたが私を助けに来てくれたでしょう。──あの店に私がいることが、どうして分ったの？」

「それは……」

その点については、もちろん川上刑事にも訊かれた。まさか〈謎の女〉の電話で、とも言えないので、妙子が姿を消した部屋であの店のマッチを拾い、ポケットへ入れて忘れていた、と答えたのである。

これは、我ながら頼りない言い逃れだったが、川上はそれ以上、追及しては来なかったのだ。

「あなたの説明は聞いたけど、どうも本当とは思えないの。──ごめんなさい。私、助けてもらっておいて、こんなこと言っちゃいけないと思うんだけど」

「いや、そう思うのは当然だよ」

と私は言った。「実は――電話があったんだ」

「電話？」

「君があの店にいる、とね」

「誰から？」

「分らない」

と私は首を振った。「女の声だった。そして、この電話のことは誰にも言うなと言ったのさ」

「その女――殺された子じゃなかったの？」

「違う。声がまるで違うよ。声色《こわいろ》の名人でもありゃ別だけど」

「そう……。でも、それなら、あの女の子がわざとあなたへ近付いたという考えが正しいと言えそうね。私をさらって、わざとあなたを呼び出して――」

「でも、そんな面倒なことをするかな」

「分らないわ。何か理由があったんじゃないの？」

妙子の言う通りかもしれない。――一体、この事件の裏には何があるのだろう？

「もう一杯コーヒー飲む？」

と、妙子が訊いた。

「ああ、そうだね」

と、私は答えた。

「私と結婚しない？」

「うん、いいね」

と答えて――私は、ニヤニヤ笑っている妙子の顔をポカンと眺めた。

「からかっちゃいけないよ！」

「あら、本気よ」

と、妙子は言った。

「もっと悪いよ」

「どうして？」

「僕は――僕は――」

「女なの？」

「まさか！」

「十八歳未満？　違うでしょ？　じゃ、結婚できるじゃないの」

「いいかい、君とはあんまり――」

妙子はウェイターを呼んで、

「ねえ、私たち今日婚約したの」

と言った。

「おめでとうございます」

と、ウェイターが頭を下げる。

「何かケーキでも持って来てくれない？」

「かしこまりました」

ウェイターが行ってしまうと、私は息をついて、

「無茶だよ！　君は僕のことをろくに知らないのに……」

「だから知りたいの。だから結婚するの。分った？」

「しかし」

「だから、もういいのよ」

確かに妙子の言葉には説得力があった。しかし、時にはそれで困ることもあるのである……。

「家へ帰らなくていいの？」

と、私は訊いた。

「いいのよ、そんなこと。電話しとくから」

妙子は平然と言って、タクシーを停めた。

「どこへ行く？　ホテル？　それともあなたのアパート？」

「まあ……どっちでもいいけど……」

「じゃ、一流ホテルにしましょうか。明日出勤するのも楽だわ」

妙子は呑気《のんき》なことを言い出した。

逆らってもむだだというわけで、私は彼女の言うままに、都心の新しいホテルに泊ることにした。

妙子は部屋に入ると、自宅へ電話をかけて、

「――今夜は泊って行くから、心配しないで」

と言っていた。「――え？――一人じゃないから大丈夫よ」

一人じゃないほうがもっと心配ではないかと思ったが、親も親で、それで納得したようだった。

「早く寝ましょうよ。明日は会社に行くんでしょ？」

「うん」

「じゃ、私、先にお風呂に入る」

「いいよ」

妙子は手早く服を脱いで、浴室へ姿を消した。

私はベッドに座り込んだ。——大変なことになった。

どうやら、妙子は本気で私と結婚するつもりらしい。もちろん、私もそうできれば幸福に違いない。

しかし、私がいつも「平田正也」でいられればともかく、〈切り裂きジャック〉としてナイフを手にすることが、二度とないとは言えない。

現に、桜田も、松尾刑事も、今一歩で私は殺すところだったのだ。殺さなかったのは、ただ偶然にすぎない。私は、精神的には殺人犯なのである。法で罰せられないにしても、それを否定することはできない。

——まあいいと、思った。どうせ、こんな安月給取り、彼女の親類縁者が猛反対するに決っている。

妙子とて、どこまで本気なのか……。明日になれば気が変るかもしれないのだ。

いずれにしろ、私はこの部屋から出ては行かなかった。——浴室からバスタオル一つで現れた妙子は、強力な磁石のように、哀《あわ》れな鉄片《てっぺん》——つまり私を、吸いつけて離さなかったのである。

ある看護婦からの電話

「平田さん、もういいんですか?」

会社で女の子に声をかけられて、私は戸惑《とまど》った。

「何が?」

「あら、だって昨日、具合悪くてお休みしたじゃありませんか」

「あ、ああ、そうか。うん。いや――もう大丈夫なんだ」

私はあわてて言った。

そうだ。まだあれは昨日のことなのだ。妙子と素晴らしい夜を過したのは……。

「何だか怪しいわ、平田さん」

と、女の子は言った。

「怪しい?」

「本当は他の理由で休んだんでしょ」

「そんな――そんなことないよ」

「あ、そういえば、昨日は大場さんもお休みだった。怪しいな、本当に」

「僕が女にもてると思うかい？」

「でも、世の中、物好きな人もいますからね」

「ひどいこと言うなあ」

と私は笑った。

女の子は笑って行ってしまった。

奇妙なものだ。――今まで私は、会社の女の子たちと、そんな風に話をしたことがなかった。

気軽にしゃべろうと試みることはあっても却ってぎこちなく、ギクシャクして、どうにもならなくなってしまうのが常だった。そして結末は自己嫌悪に終るのである。

しかし今朝は違っていた。どこが違っているのか分らないが、どこか違うことだけは確かであった。

コピー室に行き、コピーを取っていると、妙子がやって来た。

「コピーならやりますけど」

「いや、たまにはこうして席を立ったほうがいいんだ。座りっ放しじゃ、体が重くなるばかりだよ」

「そう。たまには、いつもと違うことをしてみるのもいいでしょ？」

と、妙子がいたずらっぽく笑う。

「たとえば？」

「結婚、とか」

「おい――」

私は、コピー室のドアのほうへ目をやって、「誰が聞いてるか分らないんだよ」

「いいじゃない。却ってみんなに知れ渡っちゃえば、後へひけなくなるし」

「それで君はいいの？」

「昨日から何度も言ったわ。――私に何回結婚の申し込みをさせる気？」

とにらまれて、私は頭をかいた。

「いや、それは――」

「いいのよ。そこがあなたのいい所」

「そうかい？」

「いい所だと思ってる内に結婚しないと、機会を逃すわよ」

と、妙子は、ちょっとウィンクして出て行った。

私は、コピーの機械をじっと見ながら、妙子と結婚する可能性を、考えていた。いや、結婚そのものは、彼女自身の決心が変らない限り実現しよう。しかし、結婚式は終っても、その先には何十年もの生活があるのだ。

その長い長い日々、私は「平田正也」でいられるだろうか？

ナイフを手に、女の白い肌を切り裂きたいという欲望に逆らい切れるだろうか？

私には分らなかった……。

「——平田さん」

ドアが開いて、妙子が顔を出した。

「電話よ。川上さんから」

「すぐ行く」

私は、コピーの機械を一旦《いったん》止めて、机に戻った。

「——どうですか？」

と受話器を取るなり、私は言った。「何か分りましたか」

「どうも……。まだはっきりした手がかりはないんですよ」

川上刑事の声は、眠そうだった。疲れているのだろう。

「何かお役に立てることがあれば——」

と私は言った。

「恐れ入ります。お元気そうですね、ちょっと心配していたんですよ」

「それはどうも」

「ともかく一度ご連絡を、と思いましてね。お仕事の邪魔をして申し訳ありませんでした」

「いや、構いませんよ」

「では、何か分ったら連絡します」

と川上は言って、電話を切った。

「――まだ、何も？」

そばにいた妙子が、低い声で言った。

「まだね。――難しいだろうな」

私は首を振った。

そういえば、昨夜はアパートへ戻らなかったが、あの謎の女から、電話がかかったのだろうか？

あの女から今度かかって来たら、できるだけあれこれ話をしてやろうと私は思った。

あの女の正体を知るきっかけを、何とかつかみたい。

「はい、平田さん」

妙子が、取り終えたコピーを、私の前に置いた。

――昼休みまで、アッという間だった。

「女の子たち同士で食事して来るわ」

と妙子が言った。

「それがいいよ」

「噂になるのが怖いんでしょ。怖がり屋さん！」

妙子はそうからかって、財布を手に、事務所を出て行った。

私のほうはどうせ一人だ。さて、行くか、とのんびり立ち上がると、電話が鳴った。

やれやれ……。

十二時にかけて来るとは、全く気のきかない奴だ。

「はい」

「外線からです」

つながると、女性の声がした。

「あの……平田さんは……」

「私が平田ですが」

「あ――」

「もしもし。どなたですか？」

向うは、しばし黙っていた。妙な電話だ、と思った。

「もしもし？」

「――あの、私、実は看護婦なんです」

「はあ」

「一昨日の夜、女の子が殺されたとき、私当直で――」

「あなたが？　じゃ、何かご覧になったんですか？」

「はあ……。その……見たというか、何というか……」

どうにもはっきりしないのである。

「何か小さなことでも、警察へ、お話しになったほうがいいですよ」

と私は言った。

「その前に、あなたにお話ししたいんですけど」

「なぜです？」

「それは――会ってお話ししたいんです」

私はためらった。どうもおかしな電話である。

「ええと――お名前は？」

「玉川正代《たまがわまさよ》と申します」

すぐに名乗った。看護婦というのは、嘘でもないらしい。

「分りました」

と私は言った。「いつ、お目にかかれますか？」

「今夜はいかがでしょう？」

「結構ですよ」

私は、会社の近くの、目につく喫茶店の名を挙げた。幸い、向うも知っているとのことで、会社の帰りに会うことにした。

看護婦が、私に何の用があるというのだろう。

外へ出て、一人で食事を済ませ、コーヒーを飲んでいると、TVでは、メグの殺された事件のことを報道していた。

しかし、中身は要するに、何の手がかりもないということだけだった。

私は、ゆっくりと窓の外を眺めた。――ずいぶんと大勢の人間が死んだ。

桜田、山口、松尾、そしてメグ。ホテルのフロントの男、警官……。

いつになったら終るのだろう？

「そうだ」

そして、小浜一美。彼女は、生きているのだろうか？

――昼食を終えて戻ると、一時のチャイムが鳴る。

「平田さん」

と、受付の子がやって来た。

「何だい？」

「笹山課長が、会議室へ来てくれって」

「課長が？」

何だかいやな気分だった。大体、笹山という男、およそ課長の器《うつわ》ではない。

「――平田君。座ってくれ」

会議室へ入って行くと、笹山が、こわばったような笑顔で待っていた。

「ご用でしょうか」

と私は言った。

「うん。――色々大変だね」

と、笹山は言った。

「といいますと？」

「つまり――えらい事件に巻き込まれて、ということさ」

「仕方ありません。好きでこうなったわけじゃないのですが」

「そりゃ分ってるよ」

と笹山は肯《うなず》いた。「実は――」

「何でしょう？」

「さっき社長に呼ばれてね」

と笹山は苦い顔になった。「どうも――その――君が事件のことで、新聞や何かに出るのが、気になるとおっしゃってるんだ」

「出るといっても――」

「うん。もちろん犯人として出るわけじゃないし、問題はないはずなんだ」

「それなら何ですか」

私はイライラして来て、「はっきりおっしゃって下さい！」

と言った。

「社長はね、君個人がどうこうとおっしゃってるわけじゃない。ただ、その度に、わが社の名前が出るのがお気に召さないっていうんだ」

「警察に協力するなとおっしゃるんですか？」

「いいや、とんでもない！　それは市民の義務だからな」

笹山は咳払《せきばら》いして、「ただ、その際、わが社の名が出ては、イメージダウンになるおそれがある。そこで、一時的に、君に退職してほしいとおっしゃってるんだ」

私はちょっと言葉がなかった。

「――つまり、クビ、ということなんですか？」

「いや、もちろん自主退職の形にして、退職金も払うよ」

「今、『一時的』とおっしゃいましたね。つまり、この事件が片付いたら、またここへ戻れるということですか？」

「そこはだね、つまり充分に考慮しようということなんだ」

「どういう意味です？」

「だから、そのときには、前向きの姿勢で検討して――」

これでは国会答弁だ。

「はっきり言って下さい。もう一度、ここへ入れると約束していただけるんですか？」

笹山は、渋《しぶ》い顔になった。責任を取ることが嫌いで、何でもはっきり言おうとしないのである。

「それは……」

と言い渋っている。

「どうです？」

私は一押しした。

「約束は……できない」

と、笹山は言った。

「分りました」

要するに、クビになる前にやめろということである。

「承知するかね？」

私は立ち上がって、

「すぐにはご返事できません。二、三日待って下さい」

「ああ……。それぐらいはもちろん……」

まだ口の中でモゴモゴ言っている笹山を残して、私は会議室を出た。


「クビ？」

「事実上の解雇さ」

——会社の帰り、玉川正代という看護婦と待ち合わせた喫茶店に、私は、妙子と入っていた。

「ひどいじゃない、そんな！」

と、妙子は腹を立てている。

「しかし、どうしようもないよ。組合だって頼りにならないしな」

「おとなしくやめるの？」

「他にどうしようがある？」

妙子はちょっと考えて、

「そうね」

と肩をすくめた。「いいじゃないの。やめたら？」

「どこか就職先を捜《さが》さなきゃ」

「私が養ってあげる」

「よせよ」

と私は苦笑した。

「心配ないわ。父がいくらでも紹介してくれるわよ。娘の亭主が失業じゃ困るでしょうからね」

妙子はすっかり結婚するつもりである。「――その玉川って人、遅いわね」

「そうだな。十五分ぐらいすぎた。しかし、待ってる他ないだろ」

「何の話かしら？」

「いや、それより、なぜ僕に話すのかってことさ、分らないのは」

と私は言った。

ガラス戸が開いて、三十代の半ばと見える女性が入って来た。落ち着かない様子で中を見回す。

「あの人？」

「らしいね」

私は立って行って、「玉川さんですか」

と声をかけた。

「はあ……」

「平田です。どうぞ」

玉川正代は、ためらいがちな様子で、席についた。私は妙子を紹介して、何を話しても心配ないと言った。

「――お話というのは？」

「ええ……。実は、あのとき、私は当直で、一階におりました」

と玉川正代は言った。

そして――玉川正代は、目を何気なし店の中にさまよわせたのだが、突然言葉を切って立ち上がった。

椅子が後ろへ倒れるのも気付かない様子だった。

「どうしました？」

と私が訊いたが、玉川正代は答えない。

そしていきなり店を飛び出して行ってしまったのである。

「待って下さい！」

私は後を追った。「君――、お金を――」

「分ってるわ。行って！」

店を出て見回すと、玉川正代が道の反対側へと上がったところだった。

「玉川さん！」

私は声をかけた。

彼女がタクシーを停めるのが見えた。急いで道を渡ろうとしたが、車がビュンビュンと駆《か》け抜けるので、とても危くて横切れないのだ。

その間に、玉川正代はタクシーに乗り込み、行ってしまった。

「――どうしたの？」

妙子が出て来る。

「タクシーで行っちまった」

「まあ……」

「一体どうしたんだろう？」

「ねえ」

と妙子は言った。「今から病院へ行ってみましょう」

消えた看護婦

「ねえ、病院へ行ってみましょうよ」

と、妙子はくり返した。「あの玉川正代っていう人、看護婦さんなんでしょ?」

「自分ではそう言ってるが……」

「いかにもそんな印象だったわね」

「うん。だけど何も言わずに飛び出して行っちまうなんて……」

「病院へ行けば、住所や電話も分るんじゃない?」

「そうか。それもそうだ。——よし、じゃタクシーを停めよう」

「あそこへ来たわ」

都合良く目についた空車を停め、私と妙子は、あのメグが殺された病院へと向ったのである。

病院というのは、やたらに食事の早いところで、夕食も五時頃《ごろ》には出されることが多い。これは、たぶん、片付けの手間などのことを考えて、そうなっているのだろう。

私たちが病院へ着いたのは、まだ七時半ぐらいだったが、それでも静かで、入口のあたりは薄暗くて、もう何となく夜中にでもなっているような、そんな雰囲気であった。

「……やあ、あなたは……」

と、私のほうへやって来たのは、メグが殺されたとき、警察へ通報した若い医師だ。

TVドラマの医師は、洗いたてのパリパリ音をたてそうな白衣を着ているが、本物の医師でそんなのはまずいない。

この若い医師も、例外ではなく、洗濯ですり切れかけた白衣の袖《そで》をまくり上げ、ボサボサの髪は、およそスマートさとは縁遠《えんどお》い。

「何かご用でも？」

「実は、こちらの看護婦さんのことでうかがいたいんですが……」

「看護婦がどうかしましたか」

私は、玉川正代という看護婦が、あの事件のことで話があると言って来たことを説明し、ここまで来た事情を話した。

「——玉川さんがね。分りました。しかし、何か見たというのなら、警察へ話をすればいいのに」

「そこがちょっと不思議なんですがね」

と私は肯《うなず》いて、「玉川さんという人は、確かにいるんですね？」

さい」

「ええ、いますよ。かなりのベテランでしてね。今日はええと……ちょっと待って下
と、その医師は受付にいた看護婦のほうへと歩いて行った。

「――何だか、陰気《いんき》ね、夜の病院って」

と、妙子は言った。

「そりゃ、あんまり楽しい場所じゃないからね」

と私は微笑んだ。「それにあんな事件があったから、余計にそう思えるんだろう」

「そうかもしれないわ」

医師が戻って来た。

「――お待たせしました。今日は休みを取っているそうですよ」

「自宅は分りますか?」

「ええ。寮に入ってるんだと思いましたが……」

「違いますよ、先生」

と、若い看護婦が声をかけて来る。

「違ったかい?」

「アパート借りてるんです。もう半年ぐらい前からですよ」

「そうか。しかし、どうせ一人でいるのに、もったいないじゃないか」

「何も知らないんだから」

と看護婦はクスクス笑って、「玉川さん、男の人と住んでいるんですよ」

「玉川さんが？　本当かい？」

「ええ。みんな知ってます。先生ぐらいだわ、きっと知らないのは」

「そりゃ初耳だ。——どこのアパートか分る？」

「ええ。住所変更の届も出てますもの」

私は、その看護婦のメモしてくれた住所を見た。

「大分、ここから遠いですね」

「わざとそうしたんでしょ。だって、近かったら、みんなが冷やかしに行くもの」

「なるほど。電話してみましょう」

「かけましょうか」

気のいい看護婦で、手もとの電話で、さっさとダイヤルを回してくれた。しばらく耳を傾けていたが、

「出ませんわ」

と肩をすくめる。

「行ってみる？」

と、妙子が私の顔を見た。

「そうだなあ……。場所、分りますか?」

「さあ。——遠いから、私も行ったことないし、それに割と親しい友だちのいない人なんですよ」

行くとなれば住所を頼りに行く他はないわけだが、大体の見当でも、二時間近くかかるとみておかなくてはならなかった。

明日まで待つか。しかし、一刻を争うようなことにならないとも限らない。すでに何人もの人命が失われているのだから、用心しすぎるということはないのだ。

そのとき、看護婦が、

「あ、ちょっと待って。——ねえ谷村《たにむら》さん」

と、通りかかった同僚を呼んだ。「玉川さんと一番親しい人なんです」

「なあに?」

玉川正代と同年配のその看護婦は、私たちのほうを、ちょっとけげんな目つきでながめて、言った。

「ねえ、谷村さん、玉川さんのアパートに遊びに行ったことある?」

「ないわ。だって彼女、呼びたがらないんだもの」

「あなたでもやっぱり?」

「そうよ。彼氏のこと、見られたくないんじゃない?」

「じゃ、行き方は分らないわね」

「玉川さんに会うの？　だったら、さっき上の階へ上って行ったけど」

私と妙子は顔を見合わせた。

「それは確かですか？」

「もちろん。さっきエレベーターに乗るところを見たの。私服でいるから、あれ、と思ったんだけど、考えてみると、今日は彼女、休みなのね」

「どこへ行けば会えますかね」

「さあ……。何階で降りたのかも分らないから。——放送してもらったらどうなんですか？」

「今、やってあげますね」

と、若い看護婦が奥へ入って行った。

少し間を置いて、

「玉川さん。玉川正代さん。受付においで下さい」

というアナウンスが廊下に響いた。

「すぐ来ると思いますよ」

「どうもありがとう」

私たちは、若い医師に礼を言って、受付から少し入った所で、玉川正代が現れるのを待った。

しかし、たっぷり五分近く待っても、玉川正代は現れない。——受付の看護婦が気にして、

「変ですねえ」

と出て来た。

「捜すといっても、私たちじゃ勝手にあちこち覗《のぞ》き回るわけにもいかないし……」

と妙子が、落ち着かない様子で言った。「何でもなければいいんですけど」

単なる取り越し苦労に過ぎないのなら、それでも構わないのだが、何しろメグが殺されたばかりである。ついつい、不吉《ふきつ》な予感が先に立つのだった。

「上だとすると、たぶん、おしゃべり室だと思いますよ」

と若い看護婦は言った。

「おしゃべり室？」

「ああ、そういうあだ名なんです。看護婦の仮眠室なんですけど、色々おしゃべりするのに使われることが、一番多いもんですから……」

と看護婦は言って笑った。「行ってみますか？」

「そうですね」

私たちは、その看護婦について、エレベーターのほうへ歩き出した。

四階に上ると、静かな廊下を奥へと辿《たど》って行く。なるほど、一つの部屋の中から、にぎやかなおしゃべりの声がしていた。

「――ねえ、ちょっと」

と、若い看護婦が声をかけた。「ここに玉川さん来なかった？」

「来たわよ」

と一人が答える。

「奥にいるんじゃない？」

「いないわよ。今、出てったもの」

「あらほんと？　気が付かなかった」

「出てったって、いつ？」

「たった今。二、三分前かな」

「アナウンスで呼んだのに……」

「聞こえるわけないじゃないの」

確かに、このにぎやかな女声合唱（？）にあっては、アナウンスの声など、とてもかなうまい。

「――何だかえらくあわてて出てったわよ」

と、一人が言った。「声をかけたんだけど、全然気が付かなくってさ」

「そう。――ありがとう」

受付の看護婦は私たちのほうへ向いて、「ごめんなさい。入れ違っちゃったみたいですね」

「じゃ、下へ戻ってみましょう」

と妙子が私の腕を取る。

しかし、結局むだ足だった。どうやら、玉川正代は病院から出てしまったらしい。

「でも何だか変ねえ」

と妙子は言った。「何か話があると言っておいて、そのくせ姿を消したり、わざわざ病院へ寄ってみたり……」

「何か理由があるんだ、きっと」

と私は至って当り前のことを言った。「――仕方ない。今日は引き上げよう。明日でも、また玉川っていう看護婦に連絡を取ってみればいいさ」

「でも、何だか気になるわ」

実のところ、私も妙子と同様、何となく割り切れない不安を覚えていた。しかし、だからといって、どうなるものでもあるまい。

今から玉川正代のアパートを捜しに行っても、見つかるかどうか……。

「やあ、平田さんじゃありませんか」

と声がして、川上刑事が廊下を歩いて来た。

「刑事さん……。何をしてるんです？」

「手がかりを求めて、さすらっている、というところですよ」

と川上刑事はちょっと笑った。「あなた方は？」

「実は、ここの看護婦から電話がありましてね――」

私が玉川正代のことを説明すると、川上刑事は興味を持ったようだった。

「すると、アパートへ帰ったんですかね。――待って下さい」

川上刑事は二、三本電話をかけた。

「――アパートの近くの派出所から、一人警官をやって見張らせておきます。帰り着き次第、何か連絡があるはずです」

なるほど、さすがに警察で、わざわざ足を運ぶまでのこともないわけだ。

「しかし、どうして警察へ話そうとしなかったのかなあ」

と、川上刑事は首をひねった。

「自信がなかったのかもしれませんね」

「そうですね。不確かな証言をして、大騒ぎにでもなったらどうしようと心配なのかもしれません。どうも信用されていないところがありますねえ」

川上刑事は苦笑した。

「――家へ帰らなくていいのか？」

食事をしながら、私は妙子に言った。

そうそう毎日高級レストランというわけにもいかないので、駅の近くのトンカツ屋に入っていた。

「そうね。着替えもいるし、一旦《いったん》帰ろうかしら」

「それがいいよ」

「あら、私がいると邪魔なの？」

と、妙子が私をにらんだ。

「いや――そうじゃないけど」

「居座ってやろうっと」

妙子は楽しげに、「押しかけ女房、っていうのも、ちょっと昔風で楽しいじゃない？」

「そうかね」

「じゃ、今から帰って、荷物を持ってアパートへ行くわ」

「今夜？」

私は目を丸くした。

「そうよ。一晩だって放っとかないから」

妙子はてこでもその意志を変えそうになかった……。

――やれやれ。

妙子と別れて、アパートへ戻る途中、私は考えていた。

妙子はこのまま私のアパートに住みつく気らしい。

どうも、そのまま結婚というコースを辿りそうな気配である。しかし、それでいいのだろうか?

私はためらいながらも、結局は妙子を受け容《い》れてしまいそうな気がしていた。

しかし――いずれにしても、今度の一連の殺人事件のけりをつけてしまわなければ、どうにもならない。あの、謎の女の正体を暴《あば》いてやらなければ。

もちろん、それは警察の仕事だが、任せておくわけにはいかない。これは私がやらねばならない仕事なのだから……。

アパートへ戻り、寛《くつろ》ぐ間もなく、電話が鳴った。出てみると、

「あの――」

と女の声。「先ほどはすみません」

「玉川さんですね」

「はい」

「一体どうなさったんですか？」

「申し訳ありません。急にちょっと……」

と言葉を濁《にご》し、「今から、そちらのアパートへうかがってもよろしいですか？」

「ここへですか？　そりゃ……まあ、構いませんが」

私はアパートへの道順を教えた。

「その辺なら分ります」

と、玉川正代は言った。「たぶんここから三十分くらいで行くと思います」

「分りました」

電話は切れた。——来ると言ったり、姿を消したり、どうもすっきりしない。一体何を知っているというのだろう？

どうにも宙《ちゅう》ぶらりんな気持だった。不安、というのではないのだが、相手に振り回されている苛立《いらだ》ちに近いものだった。

ともかく三十分はあるわけだ。

着替えでもしようか、と立ち上がったとき、また電話が鳴った。

「平田です」

向うはしばらく沈黙していた。——一瞬、私は緊張した。「あの女」か、と思ったのである。

「もしもし。平田ですが」

とくり返すと、

「平田さん……小浜一美です」

と、消え入りそうな、か細い声がして、私は息を呑んだ。

「小浜君！　どこにいるんだ！　大丈夫なのか？」

私は受話器を握りしめていた。

「今……駅の近くまで来たんですけど……」

声は弱々しく、途切れがちだった。

「どうした？　けがでもしてるの？」

「いいえ……。ただ……もう力がなくなってしまって」

「どこだ？　行ってあげる」

「公衆電話の……ボックス」

と言ったきり、電話は切れた。

「小浜君！」

返事のあるはずがないのを承知で、私は呼びかけていた。受話器を置いて、急いで玄関へ行き、靴をはいた。

しかし、玉川正代がやって来るのだ。——私はちょっと迷ったが、鍵をかけずに出て行くことにした。

帰らない内に玉川正代がやって来ても、鍵が開いていれば、入って待っているだろうし、こんな所へ泥棒も入るまい。

私は急いでアパートを出て、駅へと向った。

迫る眼

どこの電話ボックスだろう?

私は駅へと急ぎながら、考えていた。

小浜一美は、私のアパートを知っているのだから、当然、駅からアパートへと向う途中のボックスだろうと考えていたのだが、彼女が果してどこからどうやって駅の近くまで着いたのか、それが分らないのだ。

あの弱々しい声から察すると、傷を負ったか、それとも誰かに監禁されていて、体が弱っているのかもしれない。そうなると、電車で逃げて来たとは限らない。

しかし、差し当りは、駅とアパートの間を捜《さが》すのが一番だろう、と思えた。

途中、電話ボックスは一つしかなかった。それも駅よりはアパートのほうにかなり近かった。

中には、もちろん小浜一美の姿はなく、ここにいたという痕跡もない。

駅前に出ると、バス乗場の近くに、電話ボックスが三つ並んでいる。――このどれかからかけたのだろうか?

しかし、今はどのボックスも、帰宅途中のサラリーマンが使っている。

私は周囲を見回した。ゆっくりと、駅前のロータリーを歩き回った。

だが、どこにも、小浜一美らしい姿は見えない。

もう時間的には大分遅くなっていて、駅前の商店街はもちろん、喫茶店などもほとんど店じまいしている。開いているのは、わずかに深夜営業のスーパーと、わき道へ入ったところのバーぐらいのものだった。

そういうわき道の一本一本へ入り、調べたが、どこにも小浜一美の姿は見えない。

念のために、と、バーの中も覗《のぞ》いて回ったが、むだだった。

となると——駅の反対側にいるのか？

もう、アパートを出て三十分たっていた。玉川正代がやって来ているかもしれない。

しかし、ここで小浜一美を捨てて帰るわけにもいかなかった。

私は、駅の反対側に出てみた。

バス乗場のある側が、開けて、明るいのと対照的に、反対側の駅前は、薄暗くて、ほとんど店らしい店もない。

どうしてこうも鮮やかに分れてしまったのか、私には分らないが、何しろこちら側は、昼間から女性が襲われることもあるというくらいの、寂しさなのである。

もちろん、この時間、何となくさびれた家並《やな》みは、ひっそりと静まり返って、人通りもなかった。

「こんな所に電話ボックスなんて――」

あるはずがない、と見回そうとして、ポツンと、まるで一本のロウソクのように明るい、電話ボックスに気が付いた。

ちょっとの間、私は、それが幻《まぼろし》ではないかという気がして、瞬《また》きをくり返した。

しかし、もちろん、それは消えてなくなりはしなかった。

真直ぐにのびた道の半ばに、ポツンと立っている、その電話ボックスへと私は足を早めた。――なぜか分らないが、それが、小浜一美のいたボックスに違いない、という気がしたのである。

中に人の姿はなかった。扉を開けて、私はギョッとした。――床に、赤い液体が広がっている。

血だろう。そう思って気を付けて見ると、受話器に、赤い筋が見えた。

血のついた手で握ったのだろうか。

ここに小浜一美がいたことは間違いない。しかし、どこへ行ったのか？

けがをしているとすれば、遠くへは行くまいが。それとも――誰かに連れ去られたのか？

だが、けがをしているかという私の問いに、彼女は「いいえ」と答えている。

するとこの血は?

あの電話の後で、彼女は刺されたのかもしれない。——私は不安がこみ上げて来るのを感じた。

このぐらいの血なら、重傷ではないかもしれないが、ともかく、負傷したことは確かである。——自分からどこかへ隠れたのか。それとも……。

私はボックスの中へ入り込んでいた。足下の血溜《ちだま》りに足を触れないように、下ばかり見ていたのだ。

車のライトに気が付いたのは、そのときだった。ふと顔を上げると、ガラス窓越しに、真直ぐに近付いて来るライトが目に入った。

まぶしさに目を細める。——おかしい、と思った。

ライトはぐんぐん大きくなって、それて行かないのだ!

とっさに行動するというのは、よほど訓練された人間でもなければできるものではない。車が近付くのが、割合とゆっくりだったことが私を救ったのだった。

私はボックスから飛び出して、迫って来る車と逆の方向へ走り出した。

何歩走ったろうか。——ともかく、ほんの五、六歩だったことは確かだ。

ガーンと、凄《すご》い衝突音がして、振り向くと、大型トラックが電話ボックスを押し倒し、その上に乗り上げた。ガラスが砕ける音、電話線の切れる音。

そして火花があちこちで飛んだ。

我に返ったときは、トラックのエンジンの音だけが、ブルブルと続いて聞こえていた。電話ボックスは、乗り上げたトラックの重みで、ひしゃげている。

あの中にいたら、今ごろは、全身、ずたずたにされていただろう。――私の足は震えていた。

トラックの運転席に人の姿はなかった。もちろん、ぶつかる前に飛び降りていたのだろう。

私は、目の前の出来事が、まだ信じられなくて、しばし呆然《ぼうぜん》としてその場に突っ立っていたが、ふと気付くと、近くの家々の窓に明りが点いていた。

姿を消したほうがいい。

私は、足を踏みしめるようにして、その場を離れた。

――アパートへ帰り着くと、どっと疲れが出た。

玄関を上がって、しばらくその場に座り込んでいた。――そして、玉川正代のことを思い出した。

ここへ来たのだろうか？　見回したが、その様子はなかった。

もっとも、上がって、しばらく待って帰っただけなら、何も残らなくて当然だ。

時計を見ると、一時間余り出ていたことになる。つまり、三十分以上、ここで待っていた可能性があるということだ。

しかし、おそらく電車で来たのだろうから、駅のほうから戻って来た私と出会わなかったということは、かなり前に帰ってしまったことになるのだ。

つまり、ほとんど待っていなかったか、あるいはここへ来なかったかである。

私は肩をすくめ、服を脱いだ。――あのトラックは、明らかに私を狙ったものだ。

しかし、誰が私を殺そうとするのだろうか。誰が？――何のために？

電話が鳴って、ギクリとした。

直感的に分った。あの女だ。

「もしもし」

「ご無事で良かったわね」

女の声は、相変らず皮肉で、笑みを含んでいた。

「君か、僕を狙ったのは」

女は、フフ、と笑って答えなかった。

「――どういうつもりだ？」

「あなただって分ってるでしょう」

「何のことだ」

「〈切り裂きジャック〉は二人は存在できないのよ」

「ごまかすな！」

と私は怒りをこめて言った。「何者なんだ君は？　何の目的でこんなことをするんだ！」

しばらく返事はなかった。そして、女の声から、初めて、笑いが消えた。

「そろそろけりをつけるときが来たようね」

「とっくに来てるさ」

と私は言った。

「あなた、まだナイフは持ってるの？」

「もちろん」

「じゃあ、私と勝負をしましょう」

「勝負？」

「決闘ね。どっちが生き残るか」

私は答えなかった。

「――どうしたの？　怖いから、やめておく？」

「そんなことはない」

メグが殺された。その怒りは、まだ私の中で燃え上がっている……。

「良かった。じゃあ異存はないわけね」

「もちろんだ。だが、こっちは君の正体を知らないんだぞ」

「その内分るわ」

「いつ、どこで?」

「あわてないの」

女は再び楽しげな口調になっていた。「改めて連絡するわ」

「おい待て! 小浜君は無事なのか?」

「――生きてる、と答えておくわ」

「どうやって連絡して来るつもりだ?」

「会社のほうへ連絡するわ」

と女は言った。

「会社へ?」

「そう。いつ、かは分らないけどね。じゃ、そのときにまた……」

「おい待て!」

「心配しないで。すぐに連絡するわ。そして、この次に死ぬのは、あなたよ」

電話は切れた。私はしばらく、受話器を手に、じっとその場に座り込んでいた。

「――何してるの?」

突然声をかけられて、飛び上がりそうになった。

玄関に妙子が立っている。

「電話とお見合い中なの？」

と妙子は言った。

宣告

男女の仲《なか》というのは微妙なものである。

特に女性たちには、どんなにうまく隠したつもりでいても、男女の間の、ちょっとした目配り一つが、目につくものらしい。

次の日、わざわざ少し時間をずらして出社したものの、私と妙子の仲はあっさりと見破られていたらしい。

「平田さん、おめでとう」

と、女の子たちには声をかけられ、

「おい、やるじゃないか」

と、男の同僚たちにはからかわれた。

とうてい、とぼけていられる雰囲気ではなかった。

コピー室にいると、妙子がやって来た。

「みんなに知れ渡っちゃったみたいだな」

と私は言った。「しゃべったんだろう」

「あら、私、何も言わないわよ」

と、妙子は澄まして、「ただ、訊《き》かれて否定しなかっただけ」

「それじゃ同じことだ」

と私は笑った。

「いいんでしょ？　私はともかくはっきりさせちゃいたいわ」

「ここまで来ちゃ、仕方ないじゃないか」

と私は苦笑したが、実際、内心では悪くないと思い始めていたのだ。

もちろん、「あの女」からの電話を忘れたわけではない。それに、この会社を、事実上クビになっていることも。

しかし、それでもなお、目の前に立っている妙子の存在感は大きかった。

「ここを辞《や》める話、どうするの？」

と妙子が訊く。

「考えてるけど……。言われる通りにする他ないだろう」

「そうね。そんなに頑張ってまで、いる所じゃないわよ」

「次の就職先を見付けるまでは、待ってもらわないとね」

「いいじゃないの。私のほうで当ってあげる」

「君はどうするんだ？」

「ここはいやね。——私もどこか、探すことにするわ」

少し間を置いて、私は言った。

「ともかく、今度の一連の事件が片付かなくちゃ、何もできないよ」

「それはそうね。小浜さんも行方が分らないままだし」

ふと、私の胸が痛んだ。小浜一美がどこでどうしているのか——生きているのかすら分らないのに、自分は結婚のことまで考えている。

こんなことでいいのだろうか……。

ドアが開いて、他の課の女の子が顔を出した。

「お邪魔かしら？」

と冷やかすように言う。

「ええ、凄く邪魔よ」

と、妙子が言い返した。

「水をさすようで申し訳ないんですけど、平田さんにお客様」

「僕に？」

「ええ、若くてきれいな女の人——じゃなくて、お巡りさん」

「からかうなよ」

と私は笑って言った。

川上刑事が、受付の前に立っていた。

「やあ、どうも昨夜は」

「刑事さん、あの看護婦と連絡はつきましたか？」

「それがどうもね……」

と川上刑事が渋《しぶ》い顔で首を振る。

「というと？」

「いや、ついに昨夜は帰らず終いだったようです。一緒に住んでいる男性にも訊いてみましたが、心当りはないそうで……」

「心配ですね」

「全くです。——実は今朝、依頼して、病院の中を捜索させているんですよ」

「つまり……どこかにいるかもしれない、と？」

「最悪の場合、どこかで殺されているとも考えられますからね」

「まさか！」

「とは思いますがね。まあ、万が一を考えてのことです」

私は、玉川正代が、昨夜電話して来たことを話そうかと思ったが、アパートを留守にしてしまった事情を説明するのに困るので黙っていた。——病院にいない、自宅へ戻っていないということになると、玉川正代はどこに行ってしまったのだろう？

「――わざわざ知らせていただいて、どうも」

私は、川上刑事をビルの出口まで送って行った。

もちろん、私としては、あまり警察も縁がないほうが望ましいのだが、それでも、あの川上という刑事には、何となく憎めないものを感じる。

もちろん、外見、穏やかではあるが、実際には腕ききなのに違いない。しかも、真面目で、労を惜しまない感じである。

しかし、私が一番気に入っているのは、川上刑事が、決して権力をかさにきないということである。

大体、警察官というものは、市民の権利を守るために任命されているのに、その実態はといえば、権力者に他ならない。

その権力は、自らが持っているものではなく、市民から与えられたものなのに、それを一旦《いったん》手にしてしまうと、まるで生れつきの権利の如《ごと》くに思い込むのだ。

そうでない、本当の意味での警察官というのは少ないものだが（といって、私自身、そう大勢の警察官を知っているわけではないが）川上刑事は、その珍しいほうの部類に属している。

会社へ戻ると、受付の所で、妙子が心配顔で待っていて、

「何かあったの？」

と私の顔を見るなり言った。

「いや、そういうわけじゃないよ」

私の説明でも、妙子はあまり安心した様子ではなかった。

「――その玉川って看護婦も、もしかしたら、殺されたのかしら？」

「まだ何も分ってないんだ。そう心配しても仕方ないよ」

と私は極力気軽に言ったが、自分自身でも信じていないことを、相手に信じさせようとしても、むだらしかった。

「――ともかく、平田さん、気を付けてね」

「君のほうこそ。僕は大丈夫さ」

「そう……」

「何をそんなに、気にしてるんだい？」

「何か起こりそうな気がして、不安なのよ」

「いつも君のほうが僕の心配顔を笑ってるじゃないか」

「そう……。でもね――」

と、妙子は私の顔を見て、「本当に、心配しなきゃいけないときに心配しないのは、やっぱり馬鹿よ」

「何か具体的に、不安になる理由があるの？」

「別にないわ」

「それなら──」

「口じゃ説明できないのよ」と、妙子は、もどかしげに言った。「何かこう──頭の芯《しん》のほうで、モゾモゾ動いてるものがあるのよ」

「モゾモゾ？」

「そう。地震を起こすのが大ナマズだとすると、それが動き始めたら、こんな気がするんじゃないかしら」

妙子のたとえは、実にユニークである。

「まあ心配するなよ。ともかく、会社の中は安全さ」

私は、妙子の肩をポンと叩いた。

いつもは彼女のほうが私を励《はげ》ましてくれるのに、今度ばかりは、逆になってしまっていた……。

私はトイレへ入って、顔を洗った。──このところ妙子がいるので寝不足のせいか、昼間、頭がボーッとしていることがある。だから、こうしてときどき顔を洗って、目を一時的にでも覚ますのである。

顔を洗っていると、ドアが開いて、また閉じる音がした。ハンカチを出して顔を拭って見回すと、誰も入って来てはいない。

トイレを出ようとして、その貼紙に気がついた。

〈今夜、あなたを殺す。切り裂きジャック〉

と、赤いマジックで、白紙に書かれてある。

それが、トイレのドアの内側に、セロテープで貼りつけてあったのである。

私は誰か来ない内に、急いでそれをはがして、握り潰《つぶ》しながら、廊下へ出た。

もちろん、左右を見回しても、人っ子一人いない。——何ということだろう！

私は、その紙をくずかごへ放り込み、席に戻った。いつの間にか、鼓動が早まっている。

あのとき、やろうと思えばやれたはずだ。私は顔を洗っていて、何も見えなかったのだから。

しかし、相手は、予告だけを残して、姿を消した。何という大胆さだろう。

会社へ連絡するといっていたが、当然電話がかかるものと思っていた私のほうが甘かったのだ。

相手は、会社までやって来た。

もちろん、トイレは廊下にあるのだから、外部から来た人間でも、入ることはできる。しかし、年中会社の人間が出入りしているというのに……。

全く何という女だ！

あの女の狙いは何だろう？　ただ私を殺すことでないのは確かだ。それなら、さっきやっていただろうから。

すると他に何か目的があるということになる……。

「――どうしたの？」

昼食のとき、妙子が言った。

「え？」

「何だか変よ。考え込んで」

私たちは、会社の近くの喫茶店で、サンドイッチの昼食の最中だった。

「そうかい？　君の心配がうつったんじゃないかな」

わざと冗談めかして言ってみるが、我ながら、役者にはなれない、と思った。

しかし、妙子は特にそれ以上、訊いては来なかった。自分のほうの考え事に気を取られていたのかもしれない。

「お二人さん！」

と、会社の女の子たちが冷やかしの声をかけて行く。「熱そうね！」

「おかげさまでね！」

と、妙子が笑って言い返した。

これで少し、二人の気分がほぐれて来たようだ。

「少し希望のあることを考えましょうか」

と、妙子は言った。「結婚のこととか、新居のこととか……」

「新居?」

「そう、今のアパート、特別気に入ってるの?」

「全然。行く所がないから、あそこにいるのさ」

「じゃあ、どこかへ引っ越しましょうよ」

「どこへ?」

妙子の気軽な言い方に、私はびっくりさせられた。

「捜《さが》すわ」

「そう簡単に見付かるかい?」

「マンションなら、今、あちこち売れ残ってるわ」

「安くないぜ」

「それに、あなたはクビだったわね」

「そうさ。あのアパートからだって追い出されるかもしれない」

「まさか」

と妙子は笑って、「ちゃんと仕事、捜して来るわよ」

「楽で、休みが多くて、給料のいい会社がいいね」

「そんな所があったら、私のほうが行っちゃうわ」

と妙子は言った。「――でも、本当に構わない？」

「何が？」

「私が見付けて来た仕事でも」

「いいとも。そんな無茶苦茶な仕事は押しつけないと信じてるよ」

「じゃ、任せて」

と妙子は肯《うなず》いた。

その様子では、どうやら、もう心当りがあるようだった。

「ついでにマンションも捜してみるからね」

「買えやしないのに」

「分らないわよ、そんなこと」

妙子はニヤニヤ笑っている。

「おい、まさか……もう用意してあるっていうんじゃないだろうな」

「いい場所よ。値段も手頃《てごろ》。いかがですか、ご主人は？」

と、妙子は楽しげに言った。

「しかし……払う金がないよ」

「払わなくていいの」

「――どういうことだい？」

「うちで買ってくれるんですって」

「ねえ、君――」

「待って。買わせたわけじゃないの。でも、どうしても買いたいって言うんだもの」

大分無理な言い方に聞こえた。

「ねえ、気にしなくたっていいのよ。これも親孝行だわ」

都合のいいことを言って、妙子は、自分でも照れくさそうに笑った。

「しかしねえ……」

私はためらっていた。

別に、男の体面がどう、とか言うわけではない。

ただ、それが私に何かの意味で負担になるのを避けたかったのである。

しかし、妙子のほうは、もうすっかり決めている様子で、

「今日の帰りに、見に行きましょうよ、ね？」

と言い出した。

「これか」

まだ建設中のマンションは、外側が八割方出来上がって、おおよその姿を見せていた。

なかなか高級感のある造りだ。

〈モデルルーム〉という矢印《やじるし》が目に入った。

「あっちよ。——ね、中を見てみましょ」

妙子に引っ張られるようにして、工事現場の一隅《いちぐう》に造られているモデルルームへと足を運んだ。

中は3LDKの造り。

今までのアパートから観れば、宮殿のような——というのは、オーバーかもしれないが、確かに広々として見えた。

細かく区切った3LDKでなく、一部屋がかなり広いので、もったいないような気がした。

「いいじゃないの」

と妙子は言った。「子供が生れたら、部屋がいるわ」

子供が……。

そんなことは、考えてもみなかった。——私の子供。

改めて、妙子を見ると、不思議な想いが浮かんで来た。

今まで、妙子は、およそ妻や母のイメージとはほど遠い存在に思えた。

しかし、今――こうして見ると、妙子が赤ん坊を抱いている姿が、ごく自然に浮かんで来るのだ。

そんなものなのかもしれない。――女というのは。

モデルルームには、他に客がいなかった。不動産会社の社員も退屈そうで、欠伸《あくび》をくり返している。

「――この部屋が、ちょっとね」

と妙子は、畳の八畳間を覗《のぞ》いて、言った。「もちろん、色々なタイプがあるから、いいけど」

「どうして気に入らないんだ？」

「窓がないのよ」

と妙子は言った。

なるほど、南北を部屋に挟まれて、この部屋は窓が一つもないのだ。

しかし、私は、どちらかといえば、こういう、暗い部屋のほうが好きである。

暗がりの中にいると、まるで古い故郷へ帰ったような安心感があるのだ。

私はその畳の中央に座ってみた。

「何してるの？」

「座ってるのさ」

「そりゃ分るけど」

「ちょっと落ち着いて考えてみたいことがあるんだ」

「モデルルームで?」

と妙子は笑った。

「いいじゃないか」

「じゃ、私、表にいるわよ」

「ああ、すぐ行く」

「どうぞごゆっくり」

妙子が行くと、私は、畳の上に座って、ゆっくりと部屋を眺め回した。

自分の家を持つ……。

そんなことを考えたのは、初めてであった。

——そう。何もかも夢だったのかもしれない。

〈切り裂きジャック〉のことも。

私は、妙子と二人の生活を考えている自分に気が付いたのだった……。

——いつの間にか、五分近く、その部屋に座り込んでいた。

急いで表に出てみると、妙子の姿が見えなかった。

「――失礼」

と、入口の所の椅子でウトウトしている不動産会社の社員に声をかける。

「はあ?」

と顔を上げ、目をショボショボさせながら、「ご用ですか?」

「ここから連れの女性が出て行ったでしょう?」

「ああ、さっきのね」

「どこへ行ったか知りませんか?」

「さあ……」

と首をひねる。「その辺にいませんか?」

「見当らないんです」

「そう言われてもねえ……」

「おかしいな。勝手にどこかへ行くはずはないんだけど」

「じゃ、その辺をぶらついてるんじゃないですか」

と男は、また欠伸した。

「工事現場でですか?」

「人は色々ですからね」

男はやけに哲学的なことを言い出した。

私は表をぐるぐると歩き回った。しかし、どこにも妙子はいない。

一体どこへ行ったのだろう。

「——何だね」

と、工事の男が一人、ヘルメットをかぶってやって来た。

「実は連れを捜してて……」

私が説明すると、

「ああ、若い女かね」

と肯く。

「そうです」

「それなら、車に乗って行ったよ」

「車に？」

「そう」

「タクシーですか？」

「いや、自家用車らしかったよ」

どうなってるんだ？

私は、呆然《ぼうぜん》として、その場に突っ立っていた……。

回　想

妙子はどこに行ったのだろう？

アパートへ帰り着くまで、私の胸は不安でふくれ上がりそうな様子だった。

自分からマンションのモデルルームへ連れて行っておいて、姿を消してしまう。

——わけが分らない。

いや、自分で姿を消したのなら、私もそう心配はしないのである。時が時だけに、またどこかへ連れ去られたのじゃないかと、気が気ではなかったのだ。

案の定、アパートには帰っていなかった。

「やれやれ……」

もう何が何やら分らなくなって来た。

私は、部屋の真ん中にペタンと座り込んで、しばらく動けなかった。

こうも奇妙なことが、なぜ続くのだろう？　もちろん、私自身も奇妙な存在には違いないが。

切り裂きジャックが、謎に振り回されているのでは、ジョークにもならない、と私は苦笑《にがわら》いした。

——思い返してみると、この一連の事件は、初めから奇妙な滑《すべ》り出しであった。

桜田にしろ、山口課長にしろ、私が殺してやりたいと思った相手が殺されている。

そして小浜一美、大場妙子、殺されたメグ……。

三人の女が絡《から》んで来た。いや、あの〈謎の女〉を含めれば四人になる。

私は考え込んだ。複雑に考えてはいけないのだ。細かいところは気にしないことだ。

大筋を見て行こう。——桜田が殺されたのが偶然だったのかどうか、というのが、まず第一点である。

桜田を憎んでいたのは、もちろん私や小浜一美だけではあるまい。

しかし、あの殺し方。——女が声をかけ、桜田がその女を抱いた後で殺されたことを考えると、女が、桜田の顔見知りだったとは考えにくい。

すると、桜田は行きずりの相手として選ばれたことになる。

それはそれでいい。——問題は次の犯行である。

山口が殺されたのはなぜか？　同じ犯人だとすれば、なぜ山口を殺したのか。

つまり、桜田を偶然に殺した犯人が、私のことを知って、興味を持ち、私の周辺につきまとい始めたのではないか。

そう考えれば、それ以後の事件にも、納得が行く。

犯人は、私のことを知っている。私の秘密——私が二十世紀の切り裂きジャックになろうとしていることを、なぜか、知っているのだ。

つまり、私の身近にいるか、でなければ、そこまで調べることのできる人間だということになる。

それにもう一つの問題がある。あの謎の女が、果して本当に犯人なのか、ということである。

これは今まで思い付かなかったことなのだが、桜田が殺されたとき、私は、あの女が桜田を殺すのを見たわけではない。

つまり女が桜田を誘い、そこを他の誰かが襲ったと考えられなくもないのだ。

その場合は、あの女も共犯ということになるだろう。——つまり、女は、電話をかけたり、現場近くに出没するだけで、犯行は他の誰かがやっているとも考えられる。

しかし、それが誰なのか、見当もつかない……。

大体、あの女は、桜田が殺された次の日に電話をして来た。あの素早さ。——あれが不思議だ。

一体どこで、どうやって私のことを知ったのだろう?

インスピレーションだの、怪奇物めいたことは抜きにしよう。問題は、具体的に、あのたった一日で、私のことを、あの女がなぜ知り得たのか、にかかっている。

アパートを知られたのは、尾行《びこう》されたとすれば分らぬでもない。

だが、私が切り裂きジャックたるべく、ナイフなどを隠し持っていることを、なぜ知ったのか、ということである。

私は部屋の中を見回した。——ここへ入ったのだ！

それしか考えられない。ここへ入って、中を調べ、ナイフなどを見付けたのに違いない。

そして犯人は、私が殺したいと願うような相手を殺して行った。

山口課長についてもそうだ。——小浜一美との関係を、なぜあの女が知っていたのか？

どうも、犯人は、ただの通り魔ではない、行動力のある、頭のいい人間のようだ。

そして、松尾刑事のことがある。

私は、ふと考え込んだ。——あんまり色々と事件が起こって、大して気にもしなかったのだが、あの一件にしても奇妙である。

いや、松尾を殺したのは、あのチンピラであることは、私自身が目撃しているのだから確かだ。

奇妙なのは、次の日に、やはりあの女から電話があったことである。——考えてみれば妙な話だ。

女は、

「あの憎い刑事さんが死んで、おめでとう」

と言った……。

ということは、松尾が私を責め立てたことを、あの女は知っていたことになる！

どうして今まで、そのことを考えなかったのだろうか？

私は頭を振った。

「しっかりしろ！」

と自分に言い聞かせる。

あの女が、〈謎の女〉だということで、何を知っていても、不思議はない、と思い込んでしまったのだ。だから、大して気にもとめていなかった……。

実際、なぜあの女は、松尾刑事と私のことを知っていたのか？——松尾が私を責め立てたのは、あくまで警察の中だけのことである。

私も、松尾を殺す決心はしたものの、あの出来事を、他の人間にはしゃべっていない。妙子にも話していない。それなのに、あの女はそれを知っていたのだ。——なぜか？

私は立ち上がると、狭い部屋の中を、グルグルと歩き回った。落ち着かなかった。

何か、とんでもない考えが浮かぶと、人間はそれを受けいれるのに、時間がかかるものである。

「そんな馬鹿な！――そんなことがあるはずがない！」

と私は言った。

しかし、否定しようもない。他に誰が考えられるだろう？

松尾が私を責めているのを見ていた人間は一人しかいないではないか。――川上刑事一人しか……。

川上刑事が犯人？

そんなことがあり得るだろうか？

だが、川上を犯人とすると、色々な疑問は解けて来る。

まず、桜田が殺された次の日、彼は私のところへやって来た。そしてその夜には、あの女から最初の電話がかかっている。

その間に、私の部屋へ入り、中を調べる――それも私が気付かないように調べるのも、ベテラン刑事なら容易なことだろう。

私の行動を監視し、ホテルへ後をつけて、私と小浜一美の話を立ち聞きすることもできたはずだ。

山口を、先回りして殺すことも容易だった……。

一美と妙子が姿を消したこと、妙子が、あの妙なクラブで見つかったこと。――それも理由は分らないが、ああいう場所と、奥で、ヤクを扱っていることなど、刑事の身なら分るはずである。

そしてメグを殺したのは……。なぜ殺したのだろう？

分らない。――しかし、妙子が言っていたように、メグが何かの理由で川上に雇われて私に近づいて来たのだとすれば、それを裏切って殺されたとも思える。

そして――看護婦だ！

玉川正代は？　どうなったのだろう？

彼女が話そうとしてためらったこと。それは、川上がメグの病室へ入って行ったか、出て行ったことではないか。

そうだ。――それなら、玉川正代が、警察にでなく、私に、その事実を話そうとしたのも分る。

刑事を見かけたと警察に話してても取り合ってはもらえまい。

そうなると、玉川正代の身も心配である。

何しろ相手はベテラン刑事だ。どうにでも網を広げることができるだろう。

「――大変なことになった」

と私は呟《つぶや》いた。

考えれば考えるほど、川上が犯人に違いないと思えて来る。そして共犯に、あの女と……。

なぜ、こんなことをするのか、それは分らない。

しかし、警察の中に〈切り裂きジャック〉がいたって、おかしくはあるまい。

――少し落ち着いて来ると、大きな問題にぶつかった。

本当に川上が犯人だとして、私に何ができるかということである。

警察へ行って、このことを話すか？――とんでもない！

私は小浜一美をかばったり、ナイフを手に人をつけ回したりした男である。一体誰がそんな人間の言うことを信じてくれるだろうか？

それに、川上のほうだって、私が気付いたときに備えて、私の弱味をあれこれとつかんでいるに違いない。

このまま、手も足も出せずに終るのか。

いや――このまま終って、忘れてしまえばいいのなら、それでもいい。

だが、現に妙子が行方不明になり、一美もあの女の手中にあるらしい。

私が忘れたいと言っても、向こうがそうさせてくれないだろう。

考えあぐねていると、電話が鳴り出した。

「はい」

「平田さん？」

妙子の声だった。

「君か!」

私はホッと息をついた。「心配してたんだよ。どうしていなくなっちゃったんだ! 今どこだい?」

「そんなこと、どうだっていいわ」

妙子の声は、いやによそよそしかった。

「何だって?」

「どうでもいいのよ」

「どういうこと?」

「——聞いたわ」

と妙子は言った。

「何を?」

「あなたの秘密よ」

私は受話器を握りしめた。

「何のことだい?」

「とぼけないで」

と妙子は突き放すように言った。「あなたが切り裂きジャックなんですってね」

「おい……」

「もう何も言わないで」

「しかし、待ってくれよ――」

「ご心配なく。誰にも言わないから」

「そうじゃない！　僕は――」

「もう二度と会いたくないわ」

「待ってくれ！　僕の話も聞いてくれよ」

「必要ないでしょ」

「君はそれを誰から聞いたんだ？」

「さよなら、ジャックさん」

「待て！――おい！」

電話は切れていた。

私は、受話器を手にしたまま、ぼんやりと座り込んでいた。

川上が話したのだ。他に考えられない。

彼女は去って行った……。

正直なところ、私は、これほど、妙子に去られてショックを受けるとは、自分でも思っていなかったのである。

私は彼女と夢見た、新しい人生のことを考えた。――生れ変って、やり直そうと、本気で考えていたのだ。だが、それも終りだ。

受話器を置くと、すぐにまた鳴り出した。相手は分っている。

「もしもし」

あの女の声だった。

「君か」

「どう、ご機嫌は?」

「良くないのは知ってるくせに」

「まあ、冷たい返事ね」

と女は笑った。

「ケリをつけよう」

「そうね」

「小浜君は無事か」

「ええ」

「よし。場所を言え」

「公園にしましょう」

「公園?」

「今夜も霧が出るそうよ。――霧の中で決闘なんて、ムードがあるじゃない？」

「なるほどね」

私はちょっと笑った。「むざむざやられはしないよ」

「分ってるわ。どっちかが死ぬまで続けるのよ」

「いいだろう」

「霧が深くなるのは九時ごろってことだわ。――十時に、S公園の中で」

「十時だな」

「待ってるわ」

「公園へ足を踏み入れたときからが勝負だ」

「楽しみね」

「――待て」

「なあに？」

「君は僕を知ってるが、僕は君を知らない。不公平じゃないか」

「じゃ、私は目立つように赤いコートを着ていくわ。それでいい？」

「OK。それで互角《ごかく》だ」

「じゃ、幸運を祈るわ」

女は電話を切った。

霧の中の対決

「ちょっとできすぎだな」

アパートを出た私は、苦笑して呟いた。

ちょうど、この事件の始まった夜も、こんなひどい霧だった。

偶然が、ちゃんと舞台を整えて、待っていてくれるのだ。

アパートの下で、顔見知りの近所の人に会った。

「今晩は」

と声をかけると、向うはキョトンとしている。

無理もない。こっちは黒のコートに、帽子を目深《まぶか》にかぶっているのだ。まさか、いつも冴《さ》えない背広姿で歩いている同じ男とは思うまい。

女は赤いコートで来る、と言った。

しかし、この霧では、よほど近くへ来ないと、コートの色も分るまい。

だが、逆に、向うがこっちの顔を知っているとしても、この霧では、誰か確かめるのに時間がかかる。そうむやみに人を刺すわけにいかないだろうから、この霧は、こっちにとっても好都合である。

女か。――いや、女ならばともかく、本当の犯人が川上刑事だったとしたら、どうなる？

刑事を相手に争うのか。――勝ち目があるだろうか？

たとえ川上を倒したとしても、私が殺人罪で捕まるのがオチかもしれない。川上が切り裂きジャックだったなんて、警察が信用するはずがあるまい。

こっちは警官殺しで死刑……。

どっちにしても死ぬか、と思うと、却《かえ》って気が楽になった。

それなら、いっそ相手と刺し違えて死ぬのがよほど楽だ。――どうせ、生きていても、大してやることはない。

妙子も去って行った。

私はタクシーを止めた。

公園へ向うように言うと、

「ひどい霧ですね」

と運転手が言った。

「全くだね」

「スピードが出せないんで、ちょっと時間がかかりますよ」

「ああ、構わないよ」

十時には、まだ大分間があった。

タクシーは、本当に低速で、慎重に走っていた。

「気味が悪いですね」

と運転手が言った。

「そうかい？　それもたまにはいいじゃないか」

「何かこう、霧の中から、ワッと出て来そうですね」

「化け物でも？——切り裂きジャック、なんてのがいたね」

「そうですよ！　あんなのがタクシーに乗って来たら、一巻の終りですからな」

私は黙って微笑した。——ナイフを出して、実は僕がそうなんだよ、と言ってやりたかったが、やめておいた。

こんなところで騒ぎになったら、十時までに公園には着けない。

「——もう少しですよ」

と運転手が言った。「すみませんね、遅くて」

「いや、いいんだ。まだ間に合う」

「やあ、こいつは……」

運転手が舌打ちした。「車がつながっちゃってますね」

「何かあったのかね」

「追突でしょう。この霧じゃ当り前ですよ」

「動かないかな」

「――ちょっと大変ですよ、こいつは。もう近いし、歩いたほうが早いと思いますがね」

「分った。そうしよう。――つりはいいよ」

「ああ、どうもすみませんね」

と、運転手は礼を言った。

私は歩き出した。

霧は、確かにひどくなっている。――それほどの距離ではないのだが、かなり遠く感じた。

気が付くと、公園の入口に来ていた。噴水が、うっすらと見えている。

街灯の光が、白く霧の中ににじんでいた。

ここを一歩入れば、どこから刺されるか分らないのだ。私は、コートのポケットの中でナイフを握りしめた。

ここは正面の入口である。裏へ回ろうかと考えたが、却って向うは裏で待っているかもしれない、という気がして、正面から入ることにした。

どこをどう歩くか。それとも、一か所に潜《ひそ》んで、向うが動くのを待つか。もしかすると、相手も車が渋滞《じゅうたい》して、遅れて来るのかもしれない。――先に見つけたほうが勝ちである。

噴水のわきを回って、階段を上がる。――できるだけ奥のほうがいい。

「すみません」

女の声にギョッとして振り向いた。高校生らしい、制服の女の子だ。

「何だい？」

「あの――公園を横切って帰るんですけど、一緒に歩いてくれません？　怖くって一人では……」

一緒にいたほうがよほど怖いよ、と言いかけて、やめた。――却って、この娘と一緒ならカムフラージュになるかもしれない。

「いいよ。どっちへ行くの？」

「すみません。この道をずっと――」

「よし。じゃ行こう」

「良かった！」

女の子はホッとした様子で、私の腕に手をかけて歩き出した。

霧に誘われたのか、恋人たちのシルエットが、いくつも現れては消える。ご苦労なことだ……。

「ねえ」

と女の子が言った。

「何だい？」

「一枚でいいけど、どう？」

私はびっくりして、その少女を見た。とてもそんなことをする子に見えないのだ。

「そんな目で見ないで。――お金がいるんだもの」

と少女は顔をしかめた。

「危いね。相手が変質者だったら、どうするんだ？」

「不運と諦《あきら》めるわ。おじさん、そうなの？」

「そうだ、って答える奴はいないよ」

「それもそうね。――私はあんまりやんないのよ。でもお金がいるんだもの」

私は、ふと考えついた。

「じゃ、アルバイトをしてくれないか」

「どんな？」

「この公園の中は詳しい？」

「うちの庭みたいなもんよ」

「じゃ、中を一回りして来てくれないか」

「どうするの？　新しいゲーム？」

「まあ、そんなところだ」

と私は、ちょっと笑って言った。「赤いコートの女を見付けたら、教えてほしい。どこにいるのか、何をしているか、誰かと一緒かどうか」

「面白そうね」

「さあ、一枚渡しておくよ」

と私は一万円札《さつ》を財布から抜いて渡した。

「先にもらっていいの？」

「ああ。終ったら、もう一枚だ」

「へえ、気前いいのね」

少女は楽しげに言った。「――OK。じゃ行ってくるわ。ここにいる？」

「ああ」

私は肯《うなず》いた。

少女の姿はすぐに霧に溶けて見えなくなった。私は道を外れて、茂《しげ》みの奥に身を潜めた。

どれくらい待てばいいのだろう？

私は、帽子を取ると、その茂みの上にそっとのせた。道のほうからよく見れば、ここに隠れているように見えるだろう。

子供だましの手だが、こんなときだ。何にひっかかってくれるか分らない。

私は、茂みの中を、横へと動いた。

――何かにつまずいて、

「いてっ！」

と声がしたので、びっくりした。

若いカップルが起き上がった。

「何だよ、けとばさないでくれよ」

「やあ、失礼」

と私は言った。

「さっきの奴と違うのか。――何だか今日は気分出ねえな」

「おい、待ってくれ」

と私は言った。「さっきの奴って……。他にも誰かいたのかい？」

「変なおじさんね」

と、女のほうがクスクス笑った。

「赤いコートを着ているのよ、いい年齢《とし》したおじさんがさ」

男が赤いコート？——私は緊張した。

「そいつは、どこへ行った？」

「知らないよ」

「あら、向うへ行ったみたいよ。あの石段を上がってってたもの」

「ありがとう。——いつ頃《ごろ》だね、それは？」

「十分前ぐらいじゃない？」

と女のほうは協力的である。「確かこの人がブラジャー外そうとしてたから」

「おい——」

女がクスクス笑った。

「どうもありがとう」

と私は言って、先へ進んだ。

女が言った石段というのは、ちょっとしたベンチの並ぶ休憩所らしき場所で、今はそこも霧に閉ざされている。

相手はあの上にいるのだろうか？

だが、向うにとっても、あれでは場所が悪いのではないか。こっちが、あんな所へのこのこ入って行くとでも思っているのだろうか？

相手はまずあそこにいない、と私は判断した。——逆にあそこで待ち伏せしてやってもいい。

捜《さが》し回って、疲れたら、ああいう場所で一息入れることは考えられる。

「──おじさん」

あの少女の声に、ハッと身をかがめる。

「どこ?──おじさん」

少女は私を捜している。

私は、声をかけようとして、また身を沈めた。少女の向うに、何か赤いものがチラリと動いたような気がしたのである。

あれはもしかすると……。

「おじさん……」

と少女はキョロキョロ辺りを見回している。

赤いもの──赤いコートだ!

それが少女のほうへと近づいていた。放ってはおけなかった。

「危い!」

私は飛び出した。同時に赤いコートは、霧の中へと消えた。

「ああ、びっくりした!」

と少女は目を丸くしている。「どうしたの?」

「危いぞ。君はもう、帰れ」

「あ、そう。もう一枚の約束よ」

「そうか」

私は財布を出すと、そのまま少女へ渡して、

「もういらないんだ。持って行っていいよ」

と言った。

「ええ？　だって――入ってるよ、まだ」

「いいんだ。どうせ使うことはない」

私はナイフを握った。少女が身をすくめて、

「殺さないで！」

「違うよ。大丈夫だ。奴がいるんだ」

「奴って？」

「切り裂きジャックさ」

「まさか！――だって――」

「君はどこかへいってろ。けがするぞ」

「あのね、赤いコートの女が、噴水の所に立ってたわ」

「女か。――こっちが捜しているのは男なんだ」

「え？　どういうことなの？」

「いいから行けよ」

と私は言った。

「キャーッ！」

と、悲鳴が耳を打った。

茂みの中だ。――さっきの女が、転がるように飛び出して来た。

「助けて！」

ブラウスの前がはだけて、血だらけだ。しかし、傷は負っていないようだった。

「彼がやられたの！」

あの帽子のせいか？　私がいると思い込んで突っ込んで行って、アベックたちのほうまで行ってしまったのかもしれない。

私はナイフを手に、茂みの中へと飛び込んで行った。

赤いコートが、霧の中へと翻《ひるがえ》って消えた。私はその方向へと走った。

もう、恐怖も何もない。これ以上、あいつが、血を流すのを止めなければならない。

靴の音が、公園の中に響いた。霧の中に薄れる〈赤〉を追って、私は走った。

――フッとその赤が消えた。

足を止め、あたりをうかがう。

息が荒くなっていた。——向うも同様だろう。

目と耳に、神経を集中する。

しかし、思いがけないことが起こった。——背後に足音が近づいた。

いつの間に後ろへ回ったのか。私は振り向こうとした。駆《か》け寄って来る足音。——

間に合わない！

私は身を地面に投げ出すようにした。赤いコートが広がって、私の上にかぶさって来る。私はそれを払いのけた。

ナイフを持った手が、真上に向いた。誰かの体がかぶさって来た。

ナイフの刃はその体へと呑み込まれていた。

追い詰められて

起き上がった私は、かぶさったまま、ぐったりしている体を横へ転がした。

小浜一美だった。

「やりましたね」

という声にハッとして振り向く。

川上刑事が立っている。

「殺したんじゃない。彼女のほうが飛びかかって来て――」

「信じますかね、それを？」

川上は、ニヤリと笑った。ゾッとするような冷ややかな笑いだった。

相変らず、礼儀正しいが、しかし、その底には、こっちへ突き刺さるような敵意があった。

「分ってるんだ」

と私は言った。「あんたが〈切り裂きジャック〉なんだ！」

「あなたが分っていても、誰も信じはしないでしょうね」

「——なぜだ？　なぜ桜田や山口を殺した！」

「一美はずっと私の恋人だったのです」

と川上は言った。

私は唖然《あぜん》とした。

「しかし、彼女は山口課長の——」

「馬鹿なことをしたものですよ。私のもとから逃げようとして、山口のような、クズのような奴と……。あげくが妊娠《にんしん》して、山口は冷たくなった。一美は、私のところへ戻って来たのです。——山口に思い知らせてやりたい、と」

「じゃ、山口を殺すのが目的だったのか？」

「彼女は殺してくれとは言わなかった。ただ少し油を絞《しぼ》ってくれれば、というつもりだったんですよ。しかし——」

と言いかけて、川上は言葉を切った。「私はね、犯罪の話が大好きでした。特に、切り裂きジャックには憧《あこが》れに近いものを抱いていました。——彼は、売春婦を殺すことで、社会の害悪を取り除きたかったのですよ」

「そんなことは——」

「いや、私には分ります。彼の気持がね。——あなたにも、分るでしょう。私も、いつかやってみたいと思っていました」

「あんたはどうかしてるんだ！」

「そうかもしれませんね。しかし……今の法律は万全ではない。人殺しにだって、救うに足る立派な男はいますよ。しかし、ただ女を妊娠させただけでも、殺していいような下らない奴がいる。そんな人間は、また何かやらかします。妊娠した女が自殺でもすれば、これは立派な殺人罪だ。しかし、法律上は何ら罪になりません」

川上は、淡々《たんたん》としゃべっている。それが恐ろしかった。

「私は、一美の話を聞いたとき、私がやるべきことを悟ったのです。——現代のジャックとして、正義を行わなくてはならない、と……」

「人殺しが正義？」

「ともかく、桜田のことはテストケースでした。あの日、一美から、あの話を聞かされました。一美は悔《くや》し泣きをしていましたよ。——外は霧があった。私は、あの夜、やってみようと決心したのです」

「一美も承知で？」

「殺すなどとは知りませんよ。ただ、服装や髪を変えて、桜田を誘っただけです。だが、私が彼を殺すのを見て、一美は震え出して、裏道から逃げてしまいました。逃げるのを私に知られまい、と靴を脱ぎ、コートとカツラを捨ててね」

「じゃ、あのとき、出て来た女は——」

「私ですよ。あなたがいることに気付きましてね。顔を見られてはまずいと思ったのです。あの辺には顔見知りが結構いますからね」

「そして、僕の後をつけた」

「そうです。——あなたのスタイルに興味を持ったのですよ。正《まさ》に、切り裂きジャックのイメージだった」

「僕の部屋でナイフやコートを見付けたんだな」

「そうです」

と川上は肯《うなず》いた。「正に好都合でしたよ。これで安心して、仕事にかかれる。いつでもその罪を引き受けてくれる人間がいるわけですからね」

「それで放っておいたんだな」

「その通りです。あなたがいつやるかと興味津々《しんしん》でしたよ。残念ながら、見られませんでしたが。松尾のときは、もう一歩でしたが、妙な邪魔が入った……」

「あの電話をかけて来た女は何者なんだ？」

「私は、色々な知り合いがいるんですよ。こういう商売をしていますとね。——私が言えば、黙って電話ぐらいかける女はいくらでもいます。あれは役者くずれの麻薬中毒の女でね。私が目をかけてやっているんです。何でも言うことを聞きますよ」

「麻薬？——すると、あのメグも——」

「あれもその一人です。ところが、あの女、本当にあなたに惚《ほ》れてしまった。――あなたのどこがいいんでしょうかね」

と川上は皮肉に笑った。

「そして、山口を殺した。――やっぱり私の後を尾《つ》けて、あのホテルに一美がいることを知っていたんだな」

「そうです。――一美は私のことを訴え出ることもできません。桜田殺しの共犯ですからね。私が山口を殺すために部屋に残り、一美は逃げて行きました。しかし、逃げられやしません。しょせんは私の手の中で駆《か》け回っているだけです」

「二人がホテルから消えたのは？」

「あれは、例の麻薬組織の男たちにやらせたんです。あなたの恋人については、少々、うるさく首を突っ込みすぎました。あれだけやれば、怯えて手を引くと思ったんですが、残念ながら、なかなか強情な女でしたね」

「一美は？」

「少しヒステリックになっていました。一美もあなたに好意を持っていた。だから、私のことを、いつあなたにしゃべるかもしれなかったんです。あなたでなく、一美の話となると、警察にとっても、無視できない。一美と私の関係を知っている人間も、いますからね」

「それじゃ——」

「一美は中毒にしてやったのです。逃げ出せないようにね」

「あんたは、何という奴だ！」

私は怒りに声を震わせた。

「一美をホテルから連れ出すために、裸にして、持って行った服を着せ、恋人同士のようなふりをして出たわけです。——むろん私ではありませんよ」

「だが、あんたの頼みでやったんだろう！」

「その代り、手入れの時間を教えて、逃がしてやっているんです。前からね。だから、頼めばたいていのことはしてくれますよ」

「メグは？　なぜあんな風に僕について来たんだ？」

「あなたの部屋へ入り込んで、あなたと一緒に寝る。そして、あなたが眠っている間に、桜田と山口を殺したのが、あなただという証拠品を、部屋の中へ隠して来るはずだったのです。ところが……」

川上は首を振った。「あの女はいやだと言い出した。薬から抜け出すんだ、とね。そうなれば殺すしかありませんよ」

「病院へ忍び込んで、止《とど》めを刺すなんて……むごいことをしたな」

「しゃべられては困りますからね」

「ところが、それをあの看護婦に見られてしまった」

「あれは計算違いでした」

「あの看護婦は？　殺したのか？」

「いや。――まだ見付けていません。しかし、必ず見付けて始末しますよ」

「そう巧《うま》く行くもんか！」

「どうですかね。私には自信があります」

「僕をトラックで狙ったのは？」

「あれは、例の麻薬の連中がやったことです。一美に電話をかけさせて、あなたをおびき出し、殺す。――私のご機嫌を取る気だったのですよ」

「しくじったか」

「それで良かったのです」

と、川上は、真剣な口調になって、言った。「あなたは、私の手で殺さなくては、つまりません」

「一美はどうしてここに？」

「あなたに刺される役ですよ。私が、ジャックの犯行現場を見つけて射殺する、というわけで、被害者が必要ですからね」

「ひどい奴だな、あんたは……」

「一つ、安心させてあげましょう。一美を殺したのはあなたではない。私です。私は、その死体をあなたの上に投げたのですよ。しかし、傷口が二つあっても、刺したのが別の人間だとは思わないでしょう」

「そうか……死んでいたのか」

私は、一美のほうへ向いた。

「さて。――そろそろけりをつけますか」

川上が拳銃《けんじゅう》を取り出すのが、気配で分った。私は素早く一美の死体の上にかがみ込むと、刺さっていたナイフをつかんで、抜いた。

そして霧の中へと走った。

鋭い銃声。左腕《さわん》に焼けつくような痛みがあった。しかし、私は走り続けた。

もう、川上からは見えないはずだ。

足を緩《ゆる》めて、霧の中を静かに進んだ。

追って来る川上の足音が近づいて来る。

「――どこだ！　逃げられやしないぞ」

川上は、ゆっくりと歩いて来た。

まずいことに、霧は少し晴れて来ていたのだ。

川上に飛びかかったところで、見つけられて撃たれるだろう。――よほどうまく機会を狙わなくては。

「さあ……。出て来るんだ。——近くにいるのは分ってる」

川上は、立ち上がって、あたりを見回していた。——私は、左腕の痛みに、顔をしかめた。

一気に飛びかかるしかない。

しかし、勝算はなかった。向うが拳銃では、相討ちになる可能性も低かった。

風が、霧を払った。——そのとき、私がいるのと反対側で、ザザッと茂みが揺れた。

川上がそこへ向けて拳銃の引金を引いた。

今だ！

私は飛び出した。ナイフが真直ぐに川上の背中へ。が、向うも素早く振り向いた。

ナイフが、川上の右の腕を貫いた。狙ったわけではないが、幸運だったのだ。

川上が拳銃を落として呻《うめ》いた。——そして、地面に這《は》って、呻き声を上げた。

私は、大きく息を吐いた。

「——大丈夫？」

茂みから出て来たのは、さっきの少女だった。

「君か！」

「財布ごともらって、何もしないんじゃ悪いもの」

私は微笑《ほほえ》んだ。

「助かったよ」

「この人が、切り裂きジャックなの?」

「ああ」

「何だずいぶんトシなのね。もっと若くてカッコいいのかと思ってたのに。がっかりだわ……」

足音が近付いて来る。――一人ではない。

「君は行け。どうやら警察らしい」

「そう。じゃ、バイバイ」

と行きかけて、少女は戻って来ると、私の上衣《うわぎ》の内ポケットへ財布を戻した。

「一枚だけもらっといたわ。死んじゃだめよ。しっかりしなさい!」

私は呆気《あっけ》に取られて、少女の後ろ姿を見送った。――何だが、愉快な気分になっていた。

やって来たのは、やはり刑事たちだった。

「――川上さんだぞ。おい、救急車だ」

私は、黙って立っていた。川上を殺さなかった以上、ジャックの罪は私がかぶることになるだろう。

「おい……」

川上が、苦しげに言った。「そいつを……捕まえろ。そいつが〈切り裂きジャック〉だ！」

刑事が私のほうへやって来た。

「平田さんですな」

「そうです」

「けがしてますね」

「大したことはありません」

「救急車が来ますから。――実は、川上さんを逮捕するために来たのです」

私は耳を疑った。――つまり、あの麻薬グループの男たちが捕まって、川上との関係をしゃべってしまったのだということだった。

「あなたからも事情をうかがいますが、まず傷の手当ですね」

私は、何とも言うべき言葉がなかった。

「ああ、それから――」

と刑事は付け加えた。「あの病院の看護婦が、警察へ来て話してくれたんですよ。――いや、全く、尊敬する大先輩がね……。いやになりますよ。さあ、傷の手当を。病院へ送りますよ」

エピローグ

私の出した辞表は、あっさりと受理された。

ホッとしたような、寂《さび》しいような、妙な気分である。

会社を辞めることに、特別の感慨はなかった。——次の仕事も見付けていなかったが、急ぐ気もしない。

公園での事件から、一週間たっていた。腕の傷も、大分良くなっている。

川上刑事の逮捕は大変な反響を巻き起こした。ついに、警視総監は辞任してしまったのだ。

あの一件における私の役割などは、全く知られることもなかった。警察としても、この事件は早く忘れたいだろうし、マスコミにもあまり情報を流したがらなかった。

私は、ごく当り前の会社員に戻った。

もう、切り裂きジャックのコートも、帽子も、もちろんナイフもない。

今は、総て過去だった。川上の腕にナイフを突き立ててやった、あの一瞬だけで、満足だ。

一番気の毒だったのは、小浜一美だった。――彼女のことを考えると、心が重くなる。

彼女のために、もうナイフを弄《もてあそ》ぶのはやめようと思ったのかもしれない。

妙子は、ずっと会社へ来ていない。もう辞表が出ているとも聞いた。

もういい。彼女とのことも過去だ。新しい生活が、私を待っている。

「――平田さん」

と、同じ課の女の子がやって来た。

「やあ、何だい?」

「お辞めになるんですって?」

「うん」

「いつまで?」

「今日さ」

「ずいぶん急なんですね」

「誰にも言わずに辞めようと思ったんだけどね」

「そんな……。送別会ぐらいやらせて下さいよ」

「僕の?――いいよ、いいよ。そんなことでみんなの時間を潰《つぶ》させちゃ、申し訳ないもの」

「あら、だって、ぜひやりたいんですもの、ねえ?」

いつの間にやら、他の女の子たちも五、六人集まって来ている。

私は、すっかり面食らった。

「おい、平田、いつからそんなに、もてるようになったんだ?」

と同僚に冷やかされる。

ともかく、断るわけにもいかず、私は、その日、帰りに、近くのレストランへ引っ張って行かれた。

女の子ばかりが、自主的に集まってくれたのだ。当惑したが、ありがたいと思った。

隣の席が空いている。

「おい、誰か座ってくれよ。——そんなに怖がらなくてもいいじゃないか」

と笑いながら言うと、

「そこは指定席」

と、一人の子が言った。

「どういう意味だい?」

私は顔を上げて、びっくりした。

妙子が立っていたのだ。

「——さあ、妙子さん、座って」

妙子は私の隣に座った。

「どうなってるんだい？」

「あなたがいやでなければ、ここにいさせてくれる？」

「いいよ。でも——」

「お二人の前途を祝して乾杯！」

と、女の子たちが、ワッと拍手をする。

「でも君は——」

「あの刑事に吹き込まれたのよ。——ごめんなさいね」

「そんなことはいいけど……。僕は失業中の身だぜ」

「ちゃんと捜《さが》してあげる」

「いや、やっぱりそれは困る。僕が自分で捜すよ」

「じゃ、好きにして。でも、あのマンションは買うわよ」

「君にはかなわないな」

と私は苦笑した。

「それまでどこに住むの？」

と女の子の一人が訊いた。

「賃貸のマンションよ。もう今夜から」

と、妙子が答える。

「おい、そんな話、聞いてないぜ」

「今、初めて話したんだもの」

「今日から？」

「そう。何もかも済んでるからいいのよ」

「そうはいかないよ」

「どうして？」

「どうして、って……。引っ越さなきゃ。アパートにある物を運ばなきゃいけないよ」

「もうやったわ」

私は目を白黒させた。

「もうやった？」

「今日、昼間の内に、引っ越しは完了してるのよ」

「僕の知らない内に――」

「いいじゃないの」

と、妙子は言った。「それとも、何か秘密にしたいことでもあったの？」

私は少し間を置いてから言った。

「――いや、ないね。大した秘密なんて、僕にはないよ」

本書は1995年4月中央公論社より刊行されました。
なお、本作品はフィクションであり実在の個人・団体などとは一切関係がありません。

徳間文庫

霧《きり》の夜《よる》にご用心《ようじん》

2018年5月15日 初刷

著者 赤《あか》川《がわ》次《じ》郎《ろう》
発行者 平野健一
東京都品川区上大崎三-一-一 〒141-8202
目黒セントラルスクエア
発行所 株式会社徳間書店
電話 編集〇三(五四〇三)四三四九
販売〇四八(四五一)五九六〇
振替 〇〇一四〇-〇-四四三九二
印刷 凸版印刷株式会社
製本 株式会社宮本製本所

ISBN978-4-19-894346-2 (乱丁、落丁本はお取りかえいたします)

徳間文庫の好評既刊

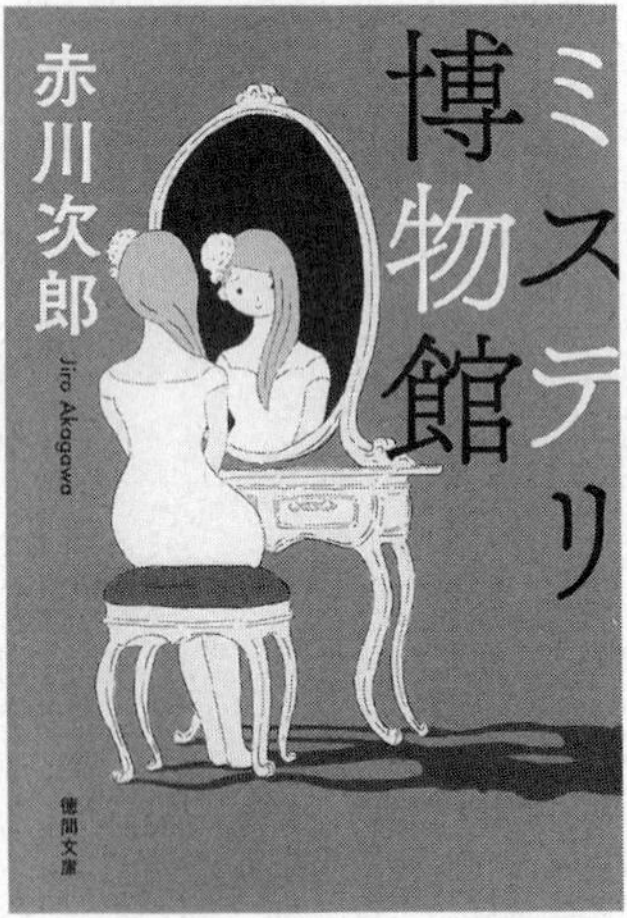

赤川次郎

ミステリ博物館

　私が殺されたら、必ず先生が犯人を捕まえてください！　祝いの席に似つかわしくない依頼とともに結婚披露宴に招かれた探偵の中尾旬一。招いたのは元教え子で旧家の令嬢貞子。彼女の広大な屋敷には、初夜を過ごすと翌朝どちらかが死体になっているという、呪われた四阿《あずまや》があった。貞子の母親は再婚時にそこで命を落としていた。疑惑解明のため、危険を承知で四阿で過ごすという貞子は…！